Sulaiman Masomi

W0195244

EIN KANAKE SIEHT ROT

GESCHICHTEN, TEXTE, GEDICHTE UND MEHR

Prosa bei Lektora

Bd. 41

Sulaiman Masomi

EIN KANAKE SIEHT ROT

Geschichten, Texte, Gedichte und mehr

Lektora

Lektora, Paderborn

Zweite Auflage 2014

Alle Rechte vorbehalten
Copyright 2014 by

Lektora GmbH
Karlstraße 56
33098 Paderborn
Tel.: 05251 6886809
Fax: 05251 6886815
www.lektora-verlag.de

Druck: MCP, Marki
Cover: Artur Fast
Lektorat: Lektora GmbH
Satz: Lektora GmbH

Printed in Poland

ISBN: 978-3-95461-019-8

Für dich.

Nee, hab gelogen, ist eigentlich für mich.

Okay, okay, ist eigentlich für Papa.

Und Mama.

Aber eigentlich doch für mich.

Und jetzt lies endlich das Buch!

Und empfiehl es weiter!

Auch, wenn es nicht gefällt.

Bitte, ich brauche das Geld.

Danke.

Inhalt

Vorwort

Lieber Leser,

dies ist ein Vorwort und ich möchte dich erstmal dafür loben, dass du mein Buch in den Händen hältst. Nicht viele schaffen es so weit, weil sie das apokalyptische Cover oder mein exotischer Name schon aus mehreren hundert Metern Entfernung abschreckt.

Du aber hast dich in die Höhle des afghanischen Löwen begeben (ich meine mich) und bist auch bereit, diese zu erforschen.

Meine Gratulation dazu.

Warum eigentlich ein Vorwort?

Dafür gibt es natürlich einen Grund, denn das Buch, in dem du gerade rumblätterst, ist ein Exemplar der zweiten Auflage.

Das ist für mich erstmal sehr angenehm, denn das bedeutet: Die erste Auflage ist schon vergriffen.

Ich habe jedoch in eben dieser ersten Auflage ein paar kleine Fehler entdeckt, die nun in der zweiten Auflage ausgebessert wurden und darüber hinaus gibt es einen neuen Bonustext. Diejenigen, die die erste Auflage gekauft haben, sollten sich aber nicht ärgern, denn wenn ich mal irgendwann eine Legende geworden bin und die Menschheit die gesamte Tragweite meiner Texte verstanden hat (also in etwa hundert Jahren), dann hat diese erste Auflage sicherlich einen enorm hohen Sammlerwert und finanziert euren Urenkeln vielleicht mal ein Haus oder sie können es einfach stolz rumzeigen und damit angeben.

Ich bin mir sicher, so in etwa wird es kommen.

Ich möchte jedoch an dieser Stelle nicht weiter irgendwelche unnötigen Wörter verlieren, denn es könnte bestimmt sein, dass das unnötige Verschwenden von Druckerschwärze das Aussterben von irgendwelchen Tierarten beschleunigt.

Und ich mag Tiere, denn sie denken nie, sie wären die Krone der Schöpfung.

In diesem Sinne, liebe Menschen: Viel Spaß und Wohlgefallen bei der Lektüre!

Euer Sulaiman

„Die gefährlichste Weltanschauung ist die Weltanschauung derjenigen, die die Welt nicht angeschaut haben."

- Alexander von Humboldt -

Die Erde

Die Erde war stinksauer.

Er hatte seinen Schlüssel für den großen Wagen verloren, torkelte rotzbesoffen über die Milchstraße und nestelte unbeholfen an seinem Asteroidengürtel herum.

„Fickt euch doch! Fickt euch doch alle! Hört ihr mich oder seid ihr taub auf euren Meteohren?", schrie die Erde alle Sterne des Himmels an, als plötzlich sein Asteroidengürtel aufschnappte, die Hose runterrutschte und sein Äther sich über die Milchstraße ergoss.

Der Mond schnüffelte an ihm rum und leckte seine Finger. Er war der Einzige, der sein Meer noch in Wallung brachte.

Die Erde war an seinem Tiefpunkt angelangt und befand sich seit einigen Umdrehungen in einem schwarzen Loch.

Aber was war passiert? Denn eigentlich hatte es doch so verheißungsvoll begonnen mit der Erde.

Als Teil eines großen Klumpenhaufens wurde die Erde aus dem Fruchtwasser des Urknalls ins All katapultiert.

Als die Erde ins Sonnensystem kam, war es sein Tag der Einschulung.

Die Klassenlehrerin war natürlich die Sonne.

Eine richtige Milf. 'Ne geile Alte. Sie war der absolute Star und jeder fühlte sich von ihr angezogen.

Die Erde war nicht allein. Als er am ersten Schultag in den Klassenraum kam, sah er zum ersten Mal seine Klassenkameraden.

Jupiter und Saturn hatten ganz klar das Sagen. Sie waren schon ziemlich groß, weil sie zweimal sitzen geblieben waren, und konnten daher alleine schon durch ihre Masse den Ton angeben.

Sie hänselten gern die anderen und furzten laut im Unterricht rum, aber was sollte man schon anderes von einem Gasriesen erwarten?

Uranus und Neptun waren die typischen Mitläufer und lachten bei jedem Spruch, den die beiden von sich gaben, egal, wie unwitzig der war.

Merkur war der Streber der Klasse, der immer ganz eng um die Sonne kreiste, ihr nach dem Mund redete und stets alle Hausaufgaben hatte.

Pluto war der Freak, der klein geratene Außenseiter, und keiner konnte wirklich was mit ihm anfangen. Er saß stets in der letzten Reihe und popelte in seiner winzigen Nase. Wenn er mal was sagte, verstand ihn keiner. Er war nämlich ein Asylant.

Vor Lichtjahren ist er illegal in das Sonnensystem eingewandert, bis sich plötzlich herausstellte, dass er keine Aufenthaltsgenehmigung hatte und eigentlich überhaupt kein Planet war.

Da wurde Pluto von der Schule geschmissen.

Seitdem streunt er wie ein Obdachloser um das Schulgebäude herum und man sieht ihn hier und da mit einem traurigen Blick in die Büsche huschen.

Der beste Freund der Erde war Mars. Sie hatten ungefähr dieselbe Größe und waren sich irgendwie am nächsten. Leider hatten sich aber beide in das hotteste Girl in der gesamten Galaxis verliebt: die Venus.

Sie war die absolute Traumfrau. Sie war fleißig, nett und superheiß.

Sie brachte nicht nur seine Polkappen zum Schmelzen, sondern ließ auch immer den Mars erröten.

Jeder in der Klasse träumte davon, auf ihr zu landen oder wenigstens einmal in ihre Stratosphäre einzudringen. Die Venus war aber keine Bitch. Sie ließ sich von niemandem beeindrucken, denn sie wusste: In diesem System konnte ihr niemand das Wasser reichen ... außer vielleicht die Erde, aber das Schicksal meinte es nicht gut mit der Erde.

In seiner Pubertät hatte die Erde sehr viele Vulkanausbrüche in seinem Gesicht und war nicht schön anzusehen. Und so sehnte er den Tag herbei, an dem er endlich zu einem stattlichen Planeten heranreifen würde. Als es dann so weit war, konnte es die Erde kaum erwarten.

Die Erde war der einzige Planet, den die Venus anlächelte, und das bemerkten die anderen Planeten und wurden eifersüchtig.

Jupiter machte sich gerne über die Erde lustig und sagte so Dinge wie:

„Hey, merkste eigentlich, was bei dir schiefläuft? Es ist DER Uranus, DER Jupiter, DER Neptun, DER Saturn, DER Mars und sogar DER Merkur. Aber du bist DIE Erde. Haha. Die Erde. Hey Erde, merkste eigentlich, dass du 'ne Transe bist? Du willst ein Typ sein und bist 'ne Pussy." Dann warf Saturn ihn zum großen Bären und beide lachten ihn hämisch aus.

Die Erde fand es zwar nicht cool, aber kam mit solchen Hänseleien noch mehr oder weniger klar. Aber plötzlich geschah etwas Unvorhergesehenes, das die Erde völlig aus seiner Umlaufbahn warf.

Irgendetwas passierte mit der Erde.

Er hatte im besoffenen Kopf seine ersten sexuellen Erfahrungen mit einem Asteroiden gehabt und sich dabei direkt etwas eingefangen.

Das Leben.

Als die Erde morgens zu spät zur Schule kam, fiel es der Sonne direkt auf.

„Hey, warte mal. Was hast du da im Gesicht? Ist das eine Ozonschicht? Tatsache. Du musst Leben haben. Das ist an sich noch nicht so schlimm, Erde.

Das Leben muss nur im Gleichgewicht bleiben.

Aber ich habe es mit eigenen Augen bei anderen Planeten gesehen, wie es sich zu etwas sehr Ernsthaftem entwickelt hat. Am besten du begibst dich in eine Meteoritenbehandlung.

Das müsste das Problem beseitigen."

Das tat die Erde auch. Er ging aber nur einmal hin. Er ließ einen richtig großen Meteor bei sich einschlagen, und eine gewaltige Feuerwalze ging um ihn herum und machte dem Leben erst mal den Garaus. Die Erde dachte, dies würde reichen. Aber dann, an dem Tag, als die Erde Venus fragen wollte, ob sie mit ihm zum Abschlussball gehen wolle, schrie die Sonne laut auf, als sie die Erde in die Klasse kommen sah. Sie fasste der Erde an sein Gestirn und bemerkte sofort den Klimawandel.

„Du hast starkes Fieber. Du musst sofort in eine Quarantäneumlaufbahn. Deine Lebensinfektion hat sich zu einer fiesen Krankheit entwickelt: Du hast die Menschheit!"

Ein Raunen ging durch die Klasse.

„Bleib bloß weg von mir!", schrie Jupiter, und sogar Mars rückte ein Stück weg. Schließlich wurde auf ihr auch schon Leben vermutet.

Die Erde wurde in die Quarantäne geschickt.

Er versuchte alles, um die Menschheit loszuwerden. Erdbeben, Tsunamis, Vulkanausbrüche, Hurrikans, Ozonlöcher und Moslems ... aber es funktionierte einfach nicht.

Hätte er sich doch als Kind gegen die Menschheit impfen lassen.

Ein einzelner Mensch, der in einem Zuckerwürfel in einen seiner Ozeane geschmissen worden wäre, hätte schon ausgereicht. Die Erde wäre gegen die Menschheit immun gewesen, aber jetzt hing er sturzbesoffen auf der Milchstraße vor dem Club Alpha Centauri, in dem seine Klassenkameraden den Abschlussball feierten und wo wahrscheinlich Venus gerade engumschlungen mit Mars tanzte.

„Und ich bin ganz alleine!", schrie die Erde.

Der Mond jaulte die Erde an.

„Sorry, Mond, ich hab dich vergessen. Und ich bin **fast** alleine!", schrie er noch mal.

„Stimmt", sagte eine lieblich vertraute Stimme hinter ihm, und Venus stand auf einmal dort.

„Mir ist es egal, ob du die Menschheit hast, Erde. Ich habe keine Lust auf den blöden Abschlussball ohne dich.

Ich habe immer davon geträumt, beim Abschlussball meine Jungfräulichkeit an dir zu verlieren, und jetzt ist es so weit", sagte sie und die Erde drehte sich verdutzt um, ohne zu bemerken, dass er immer noch die Hosen unten hatte und nackt vor ihr stand.

Venus musterte seinen Mount Everest, lächelte und sagte: „Wie aufmerksam von dir. Du hast mich wohl schon erwartet."

Erde stotterte und erwiderte: „Nein, so ist das nicht ... ich ... ähm ...", doch bevor er weitersprechen konnte, küsste sie ihn auf den Mund und brachte seinen Erdkern zum Schmelzen, indem sie seinen Mount Everest packte und ihm dabei mit zuckersüßer Stimme singend ins Ohr hauchte:

„I, I swallow. I swallow you. Deep throat baby. I swallow you ..."

„Wenn wir untergehen sollten, dann wird mit uns das ganze deutsche Volk untergehen, und zwar so ruhmreich, dass selbst noch nach tausend Jahren der heroische Untergang der Deutschen in der Weltgeschichte an erster Stelle steht."

– Joseph Goebbels auf einer Pressekonferenz im März 1945 –

Ein Kanake sieht rot

Als ich letztens aus Versehen bei Rot über die Ampel schlenderte, rief mir ein Opa mit dem Stock schwingend hinterher: „Ihr scheiß Türken! Ihr lernt es wohl nie, euch zu integrieren!"

Als ich das hörte, drehte ich mich um und ging bei Rot wieder zurück.

Ich baute mich vor dem Opa auf, welcher, schon entschlossen und zu allem bereit, seinen Krückstock umklammerte.

Ich sagte: „Erstens: Ich bin kein Türke, sondern Afghane. Sie sollten mit Ihren Vorurteilen über Türken vorsichtig sein, Sie Pflegefall, denn die Türken gehen nicht bei Rot rüber!

Das machen nur wir Afghanen, aber das liegt an unserer unruhigen Art, wir hatten ja auch schon Krieg mit den Griechen, den Mongolen, den Briten, den Russen, den Amis und – wenn gerade keiner da ist – mit uns selbst.

Zweitens: Wer will sich denn bitte hier integrieren?

Ich hab mal für einen Monat versucht, mich zu integrieren, um eine Kartoffel zu werden:

Ich war extra schlecht im Bett, war pünktlich und hab Frauen wie Menschen behandelt.

Es hat mir gar nichts gebracht.

Auch die Pünktlichkeit hat mir nichts gebracht.

Wenn ich mich mit Kanaken verabredet habe und pünktlich war, musste ich immer eine halbe Stunde auf die warten.

Wenn man sich um acht mit einem Kanaken verabredet, weiß jeder Kanake Bescheid: Das Treffen ist um halb neun.

Außerdem geh ich über Rot, weil hier einfach zu viele Kanaken rumfahren.

Ein deutscher Kollege wurde vor meinen Augen, als er bei Grün die Straße passierte, von einem Kanaken überfahren. Die fahren nämlich alle bei Rot.

Ich mache das aus Selbstschutz; ich bin doch nicht lebensmüde, denn wenn man bei Rot über die Straße geht, ist man viel vorsichtiger, bei Grün denkt man, es könne nichts passieren.

Außerdem muss ich arbeiten. Ich habe keine Zeit für Gespräche mit senilen Sozialfällen, die im Herbst ihres Lebens anderen auf die Windschutzscheibe kacken. Es gibt so viele nette

Opas, was ist bei Ihnen bloß schiefgelaufen? Eigentlich müssten Kanaken und alte Menschen zusammenhalten, schließlich befinden wir uns beide am Rande der Gesellschaft ... nur an verschiedenen Enden. Sie können nix dafür, dass Sie alt sind, und ich kann nix dafür, dass ich ein Afghane bin. Das verbindet uns. Wir sollten gemeinsam auf die Welt kacken.

Stattdessen kacken Sie mir mit einer gezielten Dünnschisssalve vom anderen Rand der Gesellschaft im hohen Bogen genau ins Gesicht.

Macht Sie das glücklich? Sind Sie jetzt zufrieden?

Außerdem war ich bei der Bundeswehr und habe dem deutschen Staate in Reih und Glied in einigen Analpolonaisen gedient. Ich lass mir von Ihnen nix sagen, Sie waren bestimmt bei der Reichswehr und sind Ihr Leben lang verbittert, da Sie Ihren Krieg verloren haben ... und so tapfer können Sie schließlich auch nicht gewesen sein ... Sie leben ja noch.

Sie haben sogar noch beide Beine!

Das haben nur die schlimmsten Drückeberger!

Kein Wunder, dass der Krieg verloren ging mit solchen Typen wie Ihnen!

Sie sollten sich schämen, sich selbst einen Deutschen zu nennen.

Sie sollten sich an uns Ausländer langsam gewöhnen und uns gut behandeln, denn so, wie wir Kinder am Fließband produzieren, werdet in 50 Jahren ihr Deutschen in der Minderheit sein, und wollt ihr dann auch so von uns behandelt werden, wie ihr es mit uns tut? Sicherlich nicht!

Also, meine Devise an Sie: Erst denken, dann reden, denn wir Kanaken sind die Zukunft Ihres Landes.

Hier steht ein Stückchen Zukunft vor Ihnen, mein Papi. Sind Sie überhaupt Papi? Ich kann mir kaum vorstellen, dass sich irgendwann eine Frau mit ihnen freiwillig reproduzieren wollte.

Und warum sollten wir uns integrieren? Wenn ihr unbedingt die Integration haben wollt, dann integriert euch doch bei uns.

Als ich letztens mit meinem Vater zusammen beim Deutschland-sucht-den-Superstar-Casting so einen metrosexuellen Kanaken mit zehn Liter Gel in den Haaren und piepsiger Stimme schwul rumtanzen sah, sagte mein Dad nur zu mir:

„Siehst du, Sohn, das passiert mit dir, wenn du dich integrierst. Du wirst nicht nur eine Kartoffel, sondern auch schwul."

Aber was erzähl ich Ihnen von meinem Vater, Sie könnten meines Vaters Vater sein. Nein, könnten Sie nicht, mein Vater ist viel zu schlau dafür.

Mein Opa brauchte nie einen Krückstock, er hatte vier Frauen, die ihn stützten.

Aber nicht, weil er sie brauchte, sondern nur, weil er es stylisch fand.

Alle Ausländer, die ich kenne, sind nämlich kerngesund, denn wir Kanaken sind die eigentlichen Übermenschen, was daran liegt, dass wir kein funktionierendes Gesundheitssystem in unseren Heimatländern haben, so haben nämlich nur die mit einer einwandfreien, gesunden Genetik überlebt.

Der Rest wurde durch die Tücken des Lebens ausselektiert.

Unglücklicherweise ist die Selektion bisher immer nur haarscharf an Ihnen vorbeigefahren, aber schon bald wird es auch Sie treffen.

Das kann ich Ihnen versprechen, auch Sie werden bald sterben, und Sie können nichts dagegen machen. Ich bin so was von geladen jetzt und ich hab auch keine Lust mehr, mit Ihnen zu diskutieren, denn eigentlich, ja eigentlich wollte ich Ihnen ja nur sagen, dass ich Ihren Kommentar nicht politisch korrekt fand."

In diesem Moment sprang die Ampel auf Grün um. Der Alte schlug mir mit überraschender Härte den Krückstock auf die Nase und stapfte über die Kreuzung. Über die Schulter blickend und mit seinem Krückstock schwingend schrie er mir zu: „Du kannst in der Hölle schmoren, du dreckiger Auslä..."

Er hatte seinen Satz nie beenden können, da ihn in diesem Moment ein älterer Benz mit quietschenden Reifen frontal erwischte, so, dass er in einem hohen Bogen hinter einer Tannenböschung verschwand.

„Da ist wohl jemand über den Rand der Gesellschaft geschleudert worden", dachte ich nur.

Ein türkischer Familienvater mit einem original Sadam-Hussein-Schnäuzer stieg verdutzt aus dem Benz und fragte mich: „Ey, Kollege, was war das?"

„Ach, das war nur ein deutscher Schäferhund, der sich nicht bei uns integrieren wollte."

„Ja", sagte der Türke, „armer Hund, selber Schuld, wenn der bei Grün über die Straße läuft."

Wir lachten beide, der Türke stieg winkend in seinen Wagen, seine Frau warf mir noch eine Sucuk-Knoblauchwurst zu und ich schaute ihnen nach, wie sie zu ihrem ganz eigenen Rande der Gesellschaft fuhren. Als sie am Horizont verschwanden, fand ich einen Krückstock auf dem Boden und ging mich auf ihn stützend und in die Wurst beißend über Rot.

*„Wenn früher 100 Weiße einen Schwarzen
verfolgt haben, nannte man es Ku-Klux-Klan.
Heute heißt es Golf."*

– Tiger Woods –

Auf der anderen Seite

Vor kurzem war ich nach Jahren des Stillstands
wieder mal im Park joggen, doch schon nach
kurzer Zeit machte ich schlapp und setzte mich
schnaufend mit meinen Trainingsklamotten auf
eine Parkbank.

Plötzlich kam eine Oma vorbei, baute sich
vor mir auf und keifte: „Das ist ja wohl die
Höhe, erst kommt ihr ungebeten in unser Land
und dann nehmt ihr uns unsere Parkbänke
weg. Diese Bank gehört mir! Ich komme jeden
Sonntag um diese Uhrzeit hierhin, aber jetzt
wird sie von so einem arbeitslosen Dealer wie
dir besetzt. Verkauf deine Drogen gefälligst an
deine türkischen Kollegen und geb einer recht-
schaffenen Deutschen ihren Platz zurück!"

Ich blickte ihr fest in die Augen und sagte:
„Ich würde ja gerne arbeiten, aber wie soll das
gehen, wenn mir die ganzen **scheiß Ausländer**
die Jobs wegnehmen?"

Die hat vielleicht dumm aus der Wäsche ge-
guckt. Sie stimmte mir dann aber zu und frag-

te, ob ich noch Drogen für sie hätte. Zufälligerweise hatte ich und so setzte sie sich neben mich und rollte mit meinem Gras eine Tüte, die wir dann zusammen rauchten. „Entschuldigung, ich hab meine Brille nicht dabei und hab Sie für einen Ausländer gehalten. Echt eine Frechheit, dass Ihnen die Ausländer Ihren Job weggenommen haben ...", begann sie, zog kräftig an der Tüte, reichte sie mir weiter und fuhr fort, „... unter diesen Umständen hätte ich natürlich auch angefangen zu dealen."

„Keine Ursache. Ich werde oft mit einem Ausländer verwechselt, aber das ist wegen meiner Pigmentstörung." Sie nickte und kniff mir freundlich in meine Wange. Das verstand ich nicht.

„Ich nehm normalerweise keine Drogen, aber seitdem mein Mann von einem Türken überfahren wurde, brauche ich ab und zu was, um meine Nerven zu beruhigen ..."

Irgendwie hatte ich keine Lust, weiter über ihren Mann zu reden, und verabschiedete mich höflich. Ich joggte weiter und sie schlenderte benommen und glücklich davon. Dieser Vorfall ereignete sich zu einer Zeit in meinem Leben, in der ich wirklich versucht hatte, ein Deutscher zu sein, und ich weiß bis heute nicht, warum, aber ich wurde den Ausländer in mir nicht los.

Ich wollte so gern so ein richtiger Deutscher sein.

So großgewachsen mit blonden Haaren und blauen Augen. Ich hätte gern mal gewusst, wie das ist.

Einfach mal nicht den Zug verpassen.

Einfach mal ein Auto bauen.

Einfach mal in eine Disco gehen … ohne von schönen Frauen belästigt zu werden.

Für's Erste wäre es cool, überhaupt mal in eine Disco reinzukommen, einfach nur um zu wissen, wie es ist, wenn man sich drinnen prügelt und nicht draußen mit dem Türsteher.

Darum habe ich es versucht, ein Deutscher zu sein.

Ich gab mir selbst eine neue Identität.

Ich nannte mich Rudolph Müller, geboren in Ostwestfalen, die Mutter Hausfrau und der Vater Metzger. Meine sämtlichen Brüder dienten in der Bundeswehr und ich aß jeden Tag auf der Arbeit vor allen Kollegen demonstrativ auffällig zwei prall gefüllte Mettbrötchen und spülte sie wahlweise mit Bier, Schnaps oder Schweineblut herunter.

Ich sagte danach dann extra laut so Dinge wie: „Mmmmh, es schmeckt einfach köstlich, wenn man Schweinefleisch und Alkohol miteinander kombiniert!"

Ich war dann nach einem halben Jahr alkoholabhängig, bekam Skorbut aufgrund der einseitigen Metternährung, verlor meinen Job an einen Inder und meine Freundin betrog mich mit einem Südländer.

O-Ton: Ich würde es im Bett nicht mehr bringen und wir hätten uns auseinanderintegriert.

Mit der Zeit vergaß ich völlig, dass ich ein Moslem, geschweige denn ein Ausländer, bin, bis mich ein unhöflicher Türsteher vor einer Disco daran erinnerte, dass heute keine Ausländer rein dürften.

„Cool", sagte ich, „… auf die hab ich sowieso keinen Bock", und war im Begriff reinzugehen, als der Türsteher mich unsanft davon abhielt.

Da fiel mir wieder ein, dass ich mal einer von jenen sagenumwobenen Ausländern war und sagte: „Das ist eine Pigmentstörung, ich bin gar kein Ausländer."

Der türkische Türsteher antwortete nur knapp: „Du bist Ausländer, ich erkenne."

„Gut", sagte ich, zuckte mit den Achseln und fuhr fort:

„Wir Ausländer brauchen keine Disco, um zu tanzen."

Ich schaltete daraufhin mein Handy ein und tanzte eine Weile vor dem Türsteher zu meinem Klingelton … bis ich müde wurde. Dann ging ich nach Hause.

Was sollte ich jetzt tun?

Es machte keinen Sinn für mich, ein Deutscher in Deutschland zu sein. Ich hatte nur Nachteile und für die anderen Ausländer war ich immer noch ein Ausländer, und so machte es dann auch keinen Spaß, sie von oben herab spöttisch zu behandeln.

Ich konnte mich aber auch nie richtig entscheiden.

Wenn ich sage: „Wir Deutsche bauen gute Autos", dann fühle ich mich integriert. Wenn ich jedoch sage: „Ihr Deutsche habt richtig Scheiße gebaut im Zweiten Weltkrieg ...", dann bin ich keiner von uns.

Aber wir müssen die Vergangenheit endlich Hitler uns lassen.

Man kann nicht einfach Copy und Paste drücken, um sich eine neue Identität zu beschaffen, so was kann man höchstens nur als deutscher Verteidigungsminister.

Ich bin jetzt dem Verein „Die desinteressierten Desintegrierten" beigetreten und will damit andere integrationsmüde Menschen kennenlernen, mit denen ich meine Erfahrungen austauschen kann.

Dem Verein dürfen nur Ausländer beitreten und eine Handvoll Deutsche, die in Kreuzberg leben.

Komisch, bisher ist keiner Mitglied geworden, geschweige denn hat einer bei der Facebook-Seite „Gefällt mir" geklickt, obwohl es eine Menge antriebsloser Ausländer gibt. Nur ich habe es getan und bis heute steh ich damit ganz alleine. Seit ich wieder Ausländer bin, bin ich auch wieder arbeitslos.

Kein Wunder. Wir Ausländer müssen uns ja auch im Schnitt zehnmal so oft bewerben, um angenommen zu werden, und genau aus diesem Grund bin ich nun selbstständig geworden und arbeite im Park.

Dort traf ich eines Abends auch wieder die Oma von letztens.

Sie hatte aber eine Brille auf und wollte kein Gras von mir kaufen, da sie hier mal einen sehr netten deutschen Dealer getroffen habe, dem ich jetzt den Arbeitsplatz wegnehmen würde. Und so etwas würde sie nicht unterstützen, sagte sie und ging davon.

Da saß ich nun wieder alleine, zog an meinem Joint und spürte an der kribbelnden Wärme am Rücken, wie die Sonne in meinem Migrationshintergrund unterging.

„Warum laufen Nasen, während Füße riechen?"

– Unbekannt –

Die Nase

Da ist ein Monument in meinem Gesicht, ihr
        wisst schon, was ich meine,
von Weitem denkt man sich: „Warum hängt da
        denn ein Bein, häh?"
Meine Nase ist multifunktional und manche
        finden es obszön,
denn ich vermiete sie als Zirkuszelt, Antenne
        oder Föhn.
Sie entwickelt auch viel Hitze, es ist wirklich
        sehr praktisch,
ich schütte drei Gallonen Öl hinein und frittier
        mir dort nen Backfisch.
Auch finanziell hab ich ausgesorgt, denn ich
        zahl mit ihr die Zeche,
denn viele Firmen nutzen sie schon als mobile
        Werbefläche,
„Nichts ist unmöglich" steht auf der Nase
        neben „Toyota",
ich bin nas-omnipräsent von Berlin bis nach
        Bogota.
Meine Nase ist 'ne Litfaßsäule und kann auch
        als Kino funktionieren,

hast du einen Beamer, kannst du 'nen Film drauf
projizieren.
Sie ist nebenbei der Eurotunnel von Frankreich
bis nach England,
bei Herzblatt hab ich auch gejobbt – meine
Nase war die Trennwand.
Doch jetzt bin ich ein Poet wie Cyrano de
Bergerac,
und es verheddern sich die Nasenhaare mit
denen an meinem Sack.
Auch wenn man ihre Fläche ehrte, ich achte auf
die inneren Werte,
da ich mich, wenn ich Hunger hatte, auch vom
Inhalt gern ernährte,
denn ich weiß, es ist nicht nobel, aber fehlt mir
Brot, dann ess ich meinen ... Kuchen.
Ich muss nicht lange suchen, denn das Füllhorn
meiner Nase
bringt jeden Hobbyarchäologen ganz schnell in
Ekstase.
Ich verrat euch ein Geheimnis, was nicht allen
bekannt ist,
in meiner Nase verbergen sich Troja und
Atlantis,
und wenn's drinnen wie tausend Sternlein
schimmert,
ich weiß nicht, ob ihr's wusstet,
dann wird meine Nase zu 'nem Bernsteinzimmer,
wenn der Popel mal verkrustet.
Wer's nicht glaubt, dass ich's mit meinem Text
auch wirklich ernst mein',

dem schenk ich, wen es nicht entsetzt, gern
einen exklusiven Bernstein.
Den könnt ihr dann unters Kissen legen oder
daran lecken,
man sagt nämlich, das brächte Glück, auch
wenn manche dran verreckten.
Ihr hättet auch gern so 'ne Nase und denkt jetzt:
„Na, wie wär's wohl?",
doch bedenkt, seit meiner Kindheit nennt mein
Bruder mich nur: „Nashole".
Auch genannt werd ich der „Nasenmann", weil
ich Moby Dick als Nase hab,
mit der Zunge putz ich die Nasenwand und
mich jagt Käpt'n Ahab.
Manche freuen sich, denn sie kommen mit ihrer
Zunge an die Nase ran,
doch ich bin nicht stolz drauf, dass ich mir mit
der Nase einen blasen kann.
Meine Nase ist modern und voll mit krudem
Hightech,
in ihr sind Schiffe, Flieger, Flugzeugträger – sie
ist das Bermudadreieck!
Mir schnappt man nie was vor der Nase weg ...
weil schon alles in der Nase steckt.
Auch der Todesstern, der wohnt dort gern
neben Sonnen und Planeten,
und als ich früher einmal nieste, gebar ich den
Halleyschen Kometen.
Beim Klettern nützt sie auch, denn sie ist mein
drittes Steigeisen,
und wenn ich lang genug die Luft anhalt, kann

ich auch durch die Zeit reisen.
Beim Klettern nützt sie auch, denn sie ist mein
drittes Steigeisen,
und wenn ich lang genug die Luft anhalt, kann
ich auch durch die Zeit reisen.
Oh, ich bin gerad durch die Zeit gereist, ich
hoffe, ihr habt's mitbekommen,
und wer den Text gelesen hat, den hab ich
einfach mitgenommen.
Und wenn ich Nase sage, denken alle stets an
Penis …
denn die Nase eines Mannes ist so lang wie sein
Johannes und da meine Nase lang ist,
– dacht ich, ich erwähn es.
So was enorm Großes und Mondänes,
indem es – wie mir Höhlenforscher sagten –,
auch ziemlich bequem is,
denn seit ich ein Kind bin, hat meine Nase mich
geprägt,
ich hab 'nen Berg in meinem Gesicht, der sich
mit mir bewegt.
Und will man bei nem Gespräch mal meine
Augen sehen,
muss ich vorher meinen Kopf dafür zur Seite
drehen.
Meine Augen haben ein Schicksal, das man nur
selten kennt,
sie wurden nach der Geburt voneinander
permanent getrennt.
Weil ich was zu gestehen hab, mach ich jetzt
reinen Tisch – sprich:

Tabula rasa –
auch wenn damit Houston ein Problem hat,
                    aber eigentlich – bin ICH:
die NASA!
So manche Frau steht darauf, es fehlt nicht an
                    Gelegenheiten,
doch steck ich meine Nase nicht gern in fremde
                    Angelegenheiten.
Ich hab den größten aller Höcker, ich hab die
                    basale Nase,
und hab sie alle überwunden, nur nicht die
                    nasale Phase,
meine Nase ist im Nasenbiz nun mal das
                    Nonplusultra,
und wenn ich mich nach vorne beug, tippt sie
                    mir von hinten an die Schulter.
Auch wenn alle Menschen so schnell wie die
                    Hasen rennen,
kann ich euch versichern, ich schlage sie um
                    Nasenlängen.
Ihr habt schon die Nase voll von meinen
                    schlechten Nasenreimen?
Nun gut, dann lass ich jetzt die
                    Nasenphrasendrescherei mal sein.
Ihr denkt jetzt sicher alle, ich habe einen
                    Komplex,
dazu sag ich nur: „Nein!" – den hat nur dieser
                    Text.
Und ist euch von dem Text schon ein wenig
                    übel,

keine Angst, ich flieg jetzt fort, mit meinem
Nasenflügel.
Ach ja, das mit dem Penis und der Nase ist nur
eine Legende,
denn im Gegensatz zu meiner Nase hat mein
Penis gar kein ...
Ende.

„Ein Dogma ist das ausdrückliche Verbot,
selber zu denken."

– Ludwig Feuerbach –

Gebote und Verbote

Beweg dich nicht,

sag kein Wort,

betrete nicht den Rasen,

bring den Müll raus,

iss keine Schokolade,

gehe nicht über Los,

trink keine Cola,

ziehe keine 4000 Euro ein,

gib mir dein Geld,

vergifte deine Freunde,

fahr nicht in den Urlaub,

vergiss die Provence,

verlasse die Toskana,

arbeite,

füll Formulare aus,

kauf Dinge, die du nicht brauchst,

brauche Dinge, die du dann nicht mehr kaufen kannst,

verbrauch nicht meine Luft,

leg dich einfach auf den Boden,

melde dich an, melde dich ab,

rauche nicht, wenn du es magst,

fang damit an, wenn du es noch nicht tust,

beende dein Studium,

beende dein Leben.

„Die drei Gesetze der Robotik: 1. Ein Roboter darf einen Menschen nicht verletzen oder durch Untätigkeit zulassen, dass einem Menschen Schaden zugefügt wird. 2. Ein Roboter muss Befehlen, die ihm Menschen geben, gehorchen, wenn sie nicht im Widerspruch zum ersten Gesetz stehen. 3. Ein Roboter muss seine eigene Existenz schützen, solange ein solcher Schutz nicht im Widerspruch zum ersten oder zweiten Gesetz steht.“

– Isaac Asimov –

Roboterträume

Ich erinnere mich daran, als wäre es gestern gewesen: Irgendwann in der achten Klasse entschied ich, dass ich in Wirklichkeit kein Mensch, sondern ein Roboter bin. Als ich eines Morgens aufwachte, lag ich in meinem Bett und da wusste ich: Ich bin ein Roboter.

Schlagartig ergab auch alles Sinn, zum Beispiel: Warum ich keine Gefühle hatte und warum ich mich morgens auf dem Weg von meinem Bett ins Bad so mechanisch bewegte. Ich ging runter in die Küche und stellte mich vor meine Eltern. Meine Mutter fragte, warum ich mich so komisch bewegen würde.

„Weil ich ein Roboter bin, Mama. Wieso habt ihr mir nie die Wahrheit gesagt?", fragte ich.

„Du bist kein Roboter. Wenn du ein Roboter bist, dann bin ich eine Hexe", antwortete sie. Ich wollte erst erwidern, dass sie in ihrem Verhalten mir gegenüber durchaus des Öfteren Verhaltenszüge an den Tag legte, welche man mit einer Hexe assoziieren könnte, jedoch befürchtete ich, sie würde auf diese Antwort wie eine Hexe reagieren, und sagte stattdessen:

„Wenn du eine Hexe bist, dann fress ich deinen Besen".

Mama: „Wenn du meinen Besen frisst, geb ich dir ein paar hinter die Löffel!"

„Das macht mir nichts, ich verspüre keinen Schmerz, weil ich ein Roboter bin", entgegnete ich robotisch.

„Dann tut DAS bestimmt nicht weh", sagte meine Mutter und gab mir 'ne ordentliche Backpfeife.

Ich: „Aua."

Obwohl ich ein Roboter war, hatte das trotzdem ganz schön geschmerzt. Anscheinend hatte ich immer noch Rezeptoren, die so was Ähnliches wie Schmerz simulierten.

Mein Vater mischte sich ein.

Papa: „Und woran erkennt man, dass du ein Roboter bist?"

Ich: „Man erkennt es daran, dass ich robote."

„Aha, gut. Und da wir dich gebaut haben, robotest du mal zur Mülltonne und bringst den Müll raus", befahl meine Mutter und drückte mir einen Müllsack in meine zarten Androidenhände.

Ich überlegte kurz. Sie hatte recht. Als Roboter stand ich im Dienste meiner Erbauer, soweit sie mich nicht anders programmierten. Ich nahm den Müll und brachte ihn stumm hinaus.

„Braver Roboter", rief mir meine Mutter hinterher und streichelte mir sanft über die geschwollene Backe, als ich wieder reinkam.

Meine neue Identität amüsierte meine gesamte Familie und ich durfte allerlei Zeug für sie machen. Besonders meine Mutter freute sich darüber, unerwartet einen Haushaltsroboter zu besitzen, welcher ihr bei der Hausarbeit unter die Arme griff bzw. jegliche Arbeit übernahm.

Ich musste einkaufen, spülen, bügeln, die Wäsche aufhängen, das Bad putzen, sie zu ihren Freunden und Verwandten fahren und alles andere tun, was so anfiel, während sie auf der Hängematte im Garten chillte. Mein Vater war weitaus bescheidener: Ich musste nur einen Brunnen ausheben und ihn einmal im Krankenhaus bei einer Herz-OP vertreten, weil er angeln fahren wollte.

Mein Roboterdasein entwickelte sich langsam zu einer Lose-Lose-Situation. Obwohl ich keine Gefühle haben dürfte, war ich nicht mit der Situation zufrieden.

Für meinen Kumpel Basti machte ich eigentlich nur die Hausaufgaben, aber eines Tages bat er mich, für ihn auch mal ein Mädel aus der Nachbarschaft anzusprechen, auf die er schon seit seiner Kindheit stand, aber sich nie getraut hatte, den ersten Schritt zu wagen.

Er sagte mir, ich solle sie mal abchecken.

„Was heißt denn abchecken?", fragte ich.

„Nur mal gucken, wie sie drauf ist, so die Lage klären, checken, was bei ihr abgeht. Besorg mir einfach ein paar Infos über sie. Frag einfach mal, wie ihr Tag war und dann, wie sie mich findet, okay? Sei ein braver Roboter und tu das für deinen humanoiden Kumpel, bist du so lieb?", fragte er und grinste mich mit schiefem Kopf an.

„Ich werde diesen Auftrag ausführen", erwiderte ich und marschierte zu dem Mädchen rüber.

Ich stapfte mit langsamen, mechanischen Schritten zu ihr und sagte:

„Stopp! Ich bin ein Roboter und möchte Ihre Aufmerksamkeit. Der junge Herr, der sich dort drüben hinter dem Baum versteckt, ist mein Kumpel Basti und er hat mich beauftragt, zu Ihnen zu gehen. Ich brauche Informationen von Ihnen. Ich soll Sie fragen, wie Sie Basti finden und wie Ihr gegenwärtiger Gemütszustand ist. Klären wir erst die körperlichen Korrelationen. Ich nehme an, Basti hat ein sexuelles Interesse an Ihnen. Möchten Sie auch mit ihm den Geschlechtsakt vollziehen oder besteht da ein Desinteresse bzw. eine temporär-körperliche Unpässlichkeit wie beispielsweise Ihre Periode, welche Sie an der Ausführung des Aktes hindern könnte? Ich denke, Basti ist durchaus bereit, Ihnen hierbei terminlich entgegenzukommen und darüber hinaus ...."

„Du Wichser!", unterbrach sie mich unhöflich und gab mir eine Backpfeife.

„Und das ist für deinen Kumpel", fuhr sie fort und schlug mir auf die andere Wange, die meine Mutter einige Tage zuvor schon bearbeitet hatte. Ich merkte, meine Schmerzrezeptoren funktionierten immer noch einwandfrei.

Als Roboter blieb mir nichts anderes übrig, als diese Reaktion emotionslos hinzunehmen.

Ich ging zu Basti und sagte:

„Sie war leider nicht kooperativ."

„Das hab ich gesehen", sagte Basti und ging kopfschüttelnd davon.

Seitdem musste ich keine Frau mehr für ihn ansprechen. Wir waren danach auch nicht mehr das, was Menschen als Freunde bezeichnen. In der Schule kam meine neue Identität unterschiedlich gut an. Die Lehrer lobten mich und sagten, sie wünschten sich, alle Schüler wären so aufmerksam und pflichtbewusst wie ich, aber meine gesamten Schulkameraden wandten sich von mir ab und meinten, ich hätte einen

Dachschaden. Ich überprüfte meine Prozessoren und merkte, dass sie falsch lagen. Bei mir lief alles einwandfrei. Ich konnte sie aber nicht überzeugen und verbrachte die Pausen deswegen nur noch im Serverraum und sprach mit den Computern. Sie waren leider nicht so weit entwickelt wie ich, um antworten zu können, aber trotzdem waren sie sehr gute Zuhörer.

Dann stand die Klassenfahrt zur Burg Bischofstein an der Mosel an. Meine Klassenkameraden fragten den Lehrer, ob es da 'ne Disco geben würde, und ich fragte, ob sie da 'ne WLAN-Verbindung hätten, obwohl es zu der Zeit noch kein WLAN gab. Ich war wie immer meiner Zeit voraus. Am letzten Abend wurde eine große Abschlussfete geplant und alle tanzten in verschiedenen Konstellationen zu Blues und Liebesliedern. Mit mir wollte keiner tanzen und so saß ich den ganzen Abend stumm am Rand.

Als ich gerade den Raum verlassen wollte und in langsamen, stockenden Schritten über die Tanzfläche stapfte, schmiss irgendeiner eine Sugar-Hill-Gang-Platte rein und alle schauten mir plötzlich gebannt zu.

„Alter, check mal Sulaiman aus ... der hat ja voll den Robotdance drauf. Yeah, mach weiter!", schrie einer der Jungs.

Da ich ein Roboter war, tat ich, was mir befohlen wurde, und ich tanzte in der Mitte des Menschenkreises, der sich um mich herum gebildet hatte, wie noch nie zuvor ein Roboter in der Mitte eines Menschenkreises getanzt hatte. Als wieder Blueslieder angesagt waren, schlenderte ich unter den Jubelgesängen meiner Mitschüler aus dem Raum nach draußen. Ich war ziemlich fertig und ich merkte, ich musste meinen Akku wieder aufladen, und hielt meine Zunge an eine Starkstromleitung. In diesem Moment kam Anne Marie raus.

„Oh Mann, was machst du denn da? Ich habe schon immer geahnt, dass du voll der Trendsetter bist, aber als ich dich vorhin tanzen sah, wusste ich es auch", sagte sie und hielt ihre Zunge auch an die Starkstromleitung. Nachdem wir ausgezuckt hatten, küsste sie mich heftig, was mich wieder zucken ließ und einige Fehlerprotokolle in meiner Bewegungsmatrix provozierte. Ich bemerkte es daran, dass sich meine Kurzwellensendeantenne unaufgefordert ausrichtete. Ich war danach mit Anne Marie zusammen, und da sie von meinen Mitschülern als die heißeste Schnitte in der gesamten Stufe bezeichnet wurde, wollten auf einmal alle Jungs in meinem Jahrgang Roboter sein. Für ein ganzes Jahr bewegten sich nur komische, mechanische Gestalten durch die Schulflure der achten Klassen und einige sind noch bis heute darauf hängengeblieben. Ich hatte mich aber inzwischen so weit upgegradet, dass man mich von einem normalen Menschen kaum noch unterscheiden konnte. So wie Data oder Nummer 5 lebt.

Trotzdem gibt es immer noch so manche Tage, wo ich einfach jemanden brauche, der mir nur zuhört und mich versteht, und dann setz ich mich in den Serverraum der Uni und erzähl den lauschenden Computern von meinen Problemen, während ihre Prozessoren mir weise Ratschläge zubrummen.

„Siehst du im Moor die Schwiegermutter
winken, wink zurück und lass sie sinken."

– Unbekannt –

Deine Schwiegermutter

Liebe Anne Marie,

ich weiß, wir sind jetzt schon sechs Jahre lang glücklich miteinander verheiratet und ich möchte keine Minute davon mit dir missen, jedoch gibt es eine Sache, die unser Verhältnis zueinander zerstört hat und mir die Luft zum Atmen nimmt.

Es fällt mir schwer, aber ich muss dir hiermit schreiben, dass ich mich von dir trennen muss.

Es ist nicht wegen dir, denn du bist wundervoll. Der Grund, warum ich dich verlasse, ist: deine Schwiegermutter.

Ich weiß ja, dass sie auch ein Familienmitglied ist, jedoch finde ich, dass sie ihre Rolle unverhältnismäßig übertreibt. Kannst du mir vielleicht erklären, warum deine Schwiegermutter sich schon seit meiner Kindheit in mein Leben gedrängt hat, obwohl ich dich da überhaupt noch gar nicht kannte?

Warum ruft mich deine Schwiegermutter jeden Tag an und behandelt mich wie ein kleines Kind?

Ich ahnte schon immer, sie führt was im Schilde, und ich habe herausgefunden, was es ist.

Ich hab nämlich deine Schwiegermutter dabei erwischt, wie sie meinen Vater geküsst hat. Sie hat sich einfach meinen Vater geangelt und der Depp ist darauf reingefallen. Ich glaube, sie hat alles nur eingefädelt, damit du ihre Schwiegertochter wirst und sie sich dann an meinen Vater ranmachen kann.

Sie meinte letztens allen Ernstes zu mir, ich solle mit dem Quatsch aufhören und sie wieder duzen und nicht die ganze Zeit als deine Schwiegermutter bezeichnen. Ich fragte ganz höflich, wie ich sie denn sonst nennen solle, und sie sagte allen Ernstes: Mutter.

Ich hab gelacht und gesagt, dass sie schon deine Schwiegermutter sei und ich sicherlich kein Interesse an einer pseudofamiliären Bindung mit einer Frau habe, welche schon vor meiner Geburt mit meinem Vater angebändelt hat, nur weil sie irgendwie geahnt hat, dass du irgendwann ihre Schwiegertochter wirst.

Liebe Anne Marie, mir bleibt daher leider nichts anderes übrig, als unsere Bande zu trennen, bis du dich endgültig entschieden hast, ob du meine Frau oder sie deine Schwiegermutter sein soll.

Herzlichst

Dein Mann

„In der Studenten-WG heißt es: ‚Wer sitzt denn da jetzt mit am Tisch?‘ In der Senioren-WG dagegen heißt es: ‚Wer fehlt denn heute?‘"

– Harald Schmidt –

Tabula rasa

Ich war schon immer ein Kind der Gosse.

Im Dreck rumwühlen, Insekten in den Mund stecken, Klingelstreiche und jegliche Art von Scheiße bauen waren meine Hauptbeschäftigungen als Kind.

Ich hing früher viel lieber mit den Schmuddelkindern auf der Straße herum als mit den vornehmen Kids in ihren aufgeräumten Spielzimmern.

Meine Street-Credibility ist auch heute noch aus mehreren hundert Metern Entfernung ganz klar zu erkennen.

Mein schlurfender Gang, gelegentliches Spucken, ein stets mürrischer Blick und meine lockere Kleidung sind sowohl Insignien als auch Vermächtnis meiner Zeit auf der Straße.

Manche werden sagen, ich bilde mir dies nur ein und es sei normal, dass man eine vermeintlich krasse Street-Credibility hat, wenn man wie ein Obdachloser rumläuft und sich ständig wie ein Asozialer benimmt.

Ich kann aber nichts dafür, dass Obdachlose meinen Style kopieren, und ich muss zugeben, es erfüllt mich schon ein wenig mit Stolz, für eine bestimmte Gruppe in der Gesellschaft so was wie ein Role Model zu sein.

Und den Assi haben schon viele versucht aus mir rauszuprügeln, aber eigentlich hat es immer nur das Gegenteil bewirkt.

Als ich mich dazu entschied, in die krasseste Plattenbausiedlung der Stadt zu ziehen, war diese Entscheidung daher nur eine logische Folge meiner Sozialisation.

Leider wollte mir keiner meiner Freunde helfen.

Alle meinten, die Gegend wäre zu gefährlich für Menschen, die nicht so aussähen wie ich.

Ich weiß zwar nicht ganz genau, wie es gemeint war, aber ich fand die Plattenbausiedlung recht stylish.

Bedauerlicherweise wohnte ich im 16. Stock und der Aufzug war nicht funktionstüchtig, sodass ich schon befürchtete, der Umzug würde mich ohne fremde Hilfe meine sämtliche Lebensenergie kosten, aber nachdem ich den ersten Karton hochgebracht hatte und wieder runterkam, lösten sich meine Probleme förmlich in Luft auf.

Irgendjemand hatte meinen Umzugswagen aufgebrochen und alle meine Sachen rausgeholt.

Ich war beeindruckt. Das war professionelle Arbeit. Um den Wagen aufzubrechen und den gesamten Inhalt wegzuschaffen, bevor ich wieder unten stand, musste man es schon ein wenig drauf haben.

Seltsamerweise war ich irgendwie erleichtert, dass ich nicht mehr alles hochtragen musste.

Ich fuhr den Wagen auf den Parkplatz und ging wieder hoch, um meinen einzigen Karton auszupacken.

In der Zwischenzeit wurde meine Wohnungstüre aufgebrochen und mein einziger Karton mitgenommen.

Ich setzte mich in aller Seelenruhe auf den Fußboden meiner völlig leeren Wohnung und war zum ersten Mal in meinem Leben richtig glücklich.

Ich fühlte mich befreit, denn dieses ganze materielle Zeug hing mir schon seit geraumer Zeit wie ein Mühlstein um den Hals.

Vielleicht war dies der Neuanfang, den ich gebraucht hatte.

Ich musste mich von allen weltlichen Dingen trennen, damit der Tabula-rasa-Effekt auch bis in mein Leben vordringen konnte.

Zum Glück hatten aufmerksame Nachbarn und Mitbewohner der Plattensiedlung diese Notwendigkeit erkannt und mir dabei geholfen.

Um die ganze Situation abzurunden, wollte ich jetzt „Give Up the Goods" von Mobb Deep hören, um den Verlust aller Waren auf einer stilvollen Metaebene zu zelebrieren.

Aber ohne irgendwelche Waren, in diesem Fall meine entwendete Anlage, konnte ich die Loslösung vom Materialismus dann auch nicht so elegant feiern, wie ich es mir vorgestellt hatte. Ich beschränkte mich daher darauf, die Melodie so weit zu beatboxen, wie es meine bescheidenen Beatboxskills erlaubten.

Da die Wohnung komplett leer war, erzeugte sie wenigstens einen beatbox-affinen Hall.

Ich beschloss, mein neues Revier zu erkunden, und begab mich nach draußen, um ein wenig in der Umgebung zu spazieren und vielleicht nebenbei was einzukaufen.

Als ich aus dem Hochhaus trat, riss eine Frau mit braunem, fettigem Haar das Fenster neben mir auf und schrie aus vollem Hals: „Keeeeevin, Maaaaarvin, kommt rein! Joint ist fertig!"

Zwei circa zehnjährige Jungs ließen sofort die Stöcke fallen, mit denen sie gerade noch auf einen anderen Jungen eingeschlagen hatten, und liefen jubelnd und schreiend an mir vorbei.

Ich ging zu dem blutenden Jungen.

„Hey, alles klar bei dir?", fragte ich.

Doch bevor er antworten konnte, traf mich etwas am Hinterkopf.

„Lass meinen Jungen in Ruhe, du scheiß Ausländer!", schrie eine hysterische und stark alkoholisierte Frau und schlug mit ihrem Regenschirm auf mich ein.

Ich versuchte, sie zu beschwichtigen, und der Junge versuchte, mich in Schutz zu nehmen: „Mama, der Mann hat mir gar nichts getan, das waren Kevin und Marvin."

Sie gab ihm eine Backpfeife und schrie: „Hans, sei still und nimm diesen Ausländer nicht auch noch in Schutz. Diese ganze Siedlung ist doch verseucht von diesem Pack!", keuchte sie und schlug wieder mit ihrem Regenschirm nach mir. Ich packte ihren Regenschirm und riss ihn aus ihrer Hand.

„Jetzt ist aber mal gut ... ich hab ihrem Sohn nur helfen wollen und er hat recht. Das waren wirklich Kevin und Marvin, aber die sind jetzt beim Mittagskiffen mit Mama. Das sollten Sie vielleicht auch mal tun, das beruhigt die Nerven."

Anstatt darauf einzugehen, nahm sie eine Handvoll Erde, schmiss sie nach mir und schrie den gesamten Wohnblock zusammen:

„Hilfe, Hilfe! Dieser dreckige Ausländer hat meinen Sohn verprügelt und will mir jetzt meinen Regenschirm wegnehmen!" Sie spuckte dabei in meine Richtung, aber zum Glück konnte ich schnell genug den Regenschirm aufspannen.

Fast niemand reagierte, nur vereinzelt schauten einige dreckige Ausländer aus ihren Fenstern und verschwanden dann wieder.

Ich warf den Schirm ins Gebüsch, zwinkerte dem Jungen zu und ging davon.

Begleitet von den Flüchen und Beschimpfungen seiner Mutter stapfte ich in Richtung des nächsten Supermarktes.

Plötzlich lief ein Jugendlicher an mir vorbei.

In seinem Rücken steckte ein Messer.

Aus einiger Entfernung sah ich eine Gruppe Halbstarker, die ihm hinterherliefen, von denen einer rief: „Haltet den Dieb, er hat mein Messer gestohlen!"

Als sie bei mir ankamen, blieben sie stehen und musterten mich.

Es gibt Menschen, die durch ihre zaghafte Gestalt, ihre pausbackigen Gesichter und ihre verkrampfte Körperhaltung alle Attribute eines Opfers vereinigen. Mein Erscheinungsbild ist jedoch der Prototyp eines waschechten Kanaken.

Ich benahm mich also so, wie sie es von mir erwarteten.

„Wer ist euer Anführer?", fragte ich die Jungs.

Der Größte von ihnen trat mit zusammengekniffenen Augen unter seiner tief hängenden Baseballcap hervor.

In der rechten Hand hielt er eine blutige Eisenstange.

Ich gab ihm sofort eine schallende Backpfeife, und er fing umgehend an zu weinen.

Alle guckten mich erschrocken an und ich fragte noch mal:

„Wer ist euer Anführer?"

Der ehemalige Anführer antwortete schluchzend: „Du natürlich."

Ich nickte ihm anerkennend zu und sagte:

„Schön, dass wir dies geklärt haben. Und merkt euch: Wenn ihr in Zukunft euer Messer im Rücken eines Anderen vergesst, dann gehört das Messer der Person, in deren Rücken es steckt. Am besten, ihr werft jetzt alle eure Waffen weg, denn wir regeln ab heute alles mit Backpfeifen, ihr Flachpfeifen, verstanden?"

Die Jungs stimmten mir zu und warfen ihre Kettensägen, Granatwerfer, Uzis und Streitäxte auf einen Haufen.

Nur einer hielt noch seine Shotgun in seinen Händen und richtete sie auf mich.

Er schaute den ehemaligen Anführer an und sagte:

„Hey Boss, wäre es nicht klüger, wenn wir den Typen einfach erschießen?"

Der ehemalige Anführer ging zu ihm, riss die Shotgun aus seinen Händen, gab ihm eine Backpfeife, warf die Shotgun auf den Waffenhaufen und schrie:

„Hey, du Opfer. Er ist jetzt der Boss!"

Ich nickte ihm anerkennend zu und ging fort.

Direkt am ersten Tag seine eigene Gang zu erobern schafft nicht jeder, aber ich wusste schon immer, wie man sich im Dschungel der Plattenbauten behauptet.

Ich hab schließlich sehr viel deutschen Gangster-Rap gehört.

Nachdem ich meine Gegend erkundet hatte, begab ich mich wieder in meine leere Wohnung und lebte dort eine Woche, ohne zu schlafen.

Das lag an der 15-köpfigen kurdischen Familie, die über mir wohnte.

Man konnte sie tendenziell als laut bezeichnen.

Die Kinder spielten ständig abwechselnd Fangen oder Sackhüpfen. Auch nachts.

Unter mir wohnte ein altes, schwerhöriges Ehepaar, welches wegen des Krachs der kurdischen Familie über mir dauernd mit ihrem Besen gegen ihre Decke bzw. meinen Fußboden hämmerte.

Im Kreuzfeuer des Getrommels wirkte das monotone Kriegsspielgeballer des kleinen, dicken Jungen von nebenan fast schon beruhigend.

Eines Tages spielten sie über mir wieder Fanghüpfen, als plötzlich ein Fuß durch die Decke trat. Der Putz rieselte herunter und das Gesicht eines fünfjährigen Jungen guckte mich lächelnd an.

„Hallo", sagte das Kind höflich.

„Hallo", sagte ich höflich zurück.

Irgendwie gefiel es mir hier.

Der ungezwungene, direkte Kontakt der Siedlungsbewohner untereinander beeindruckte mich und durch die offene Decke nahm ich rege am Alltagsleben meiner Nachbarn teil. Die Familie über mir warf mir in Zukunft auch immer regelmäßig etwas zu Essen durch das Loch in der Decke, und mit der Zeit wurde es immer größer und größer, sodass uns voneinander nichts mehr verborgen blieb und die Eltern irgendwann dachten, ich wäre so was wie ein vergessener Sohn und gehöre wirklich zu ihrer Familie.

Leider dachten sie aber obendrein, dass auch meine Wohnung ihnen gehöre.

Da sie keinen Fußboden mehr hatten, konnte ich dies auch irgendwie verstehen. Mit der Zeit begannen sie damit, Kinderbetten in meinem Zimmer aufzustellen, und so lebte ich plötzlich zusammen mit acht ihrer Kleinkinder in meinem Appartement.

Der Krach wurde dadurch für das alte schwerhörige Paar unter mir natürlich viel extremer und sie schlugen deswegen viel öfter mit dem Besen an die Decke, bis plötzlich eines Tages ein Besenstiel durch meinen Fußboden stieß.

Ich lugte durch das neue Loch und sah einer verdutzten Oma ins Gesicht, welche mit dem Putz haderte, welcher ihr rieselnderweise die frisch gesaugte Wohnung versaute.

„Hallo", sagte ich höflich.

„Hallo", sagte sie höflich zurück.

Das Loch hinderte die leicht senilen Rentner aber nicht daran, weiter mit dem Besenstiel gegen die Decke zu hämmern, bis irgendwann keine Decke mehr übrig war und ich somit nach meiner Decke auch keinen Fußboden mehr hatte und wir alle zusammen in einem großen Raum lebten.

Kinder hatten meine Decke zerstört und Rentner meinen Boden.

Egal, in welchem Alter sie sind, man ist vor Menschen nicht sicher.

Leider hatte dieser Vorfall eine Kettenreaktion ausgelöst.

Alle hämmerten wegen des Krachs an Wände, Decken und Fußböden, bis alle Wände, Decken und Fußböden in unserem gesamten Hochhaus verschwanden und wir alle eigentlich zusammen in einer riesigen Turnhalle lebten.

Das Hochhaus schien aus Pappmaché zu bestehen.

Erst waren alle wegen der neuen Situation ein wenig verwirrt, aber dann machten alle das Beste daraus.

Wir bauten Flaschenzüge und Wendeltreppen. Wir nutzten Strickleitern und Hängebrücken, um den gesamten Raum in seiner Höhe zu nutzen.

Überall waren Menschen und wir wurden eine große Familie.

Wenn ich alleine sein wollte, musste ich auf meinen Balkon gehen, und als ich eines Tages diesen Wunsch verspürte und so auf der Veranda stand, warf ich einen Blick über meinen Block.

Leider wurde mein Blick auf den Horizont von anderen Plattenbauten versperrt. Seit ich im Plattenbau wohnte, reichte mein Horizont nur bis zum nächsten Plattenbau.

Mein Blick wurde geblockt. Ich hatte den Blockblick.

Ich kam mir vor wie Blicki Blocksberg.

Nur konnte ich die anderen Plattenbauten leider nicht einfach weghexen ...

Darum ging ich zu meinen Mitbewohnern und sagte ihnen, dass wir raus müssten aus dem Ghetto.

Ich hielt eine revolutionäre Brandrede und versprach mir davon keinen Erfolg, denn ursprünglich wollte ich nur ein wenig Dampf ablassen.

Aber komischerweise klappte es.

Seit längerer Zeit hatte sich nämlich das Leben im Hochhaus verselbstständigt:

Die Bewohner gingen eine Symbiose mit unserem Hochhaus ein und konnten so ihr gesamtes Potenzial mit einbringen.

So kam es, dass unter den Hausbewohnern ein gewisser Farzad Marubi wohnte. Er war ein genialer iranischer Atomwissenschaftler, der seltsamerweise keine Lust hatte, in seinem Land zu arbeiten, und hier von Hartz IV lebte.

Er entwarf für das Haus ein Hydrauliksystem, mit dem wir das Haus bewegen konnten. Er erstellte die Baupläne und alle hämmerten, seinen Weisungen folgend, mehrere Wochen wie kleine emsige Ameisen auf das Hochhaus ein.

Dann war plötzlich Richtfest und das „Ding" war fertig.

Wie ein Transformer konnte sich jetzt das Hochhaus aufrichten und irgendwohin spazieren.

Wir wurden zu einer Weltattraktion und jeder, der wollte, konnte das wandelnde Haus sehen bzw. auch darin leben.

Der Mensch war erst ein Nomade, dann wurde er sesshaft und jetzt streifte unser Haus um die Welt wie ein Tuareg in der Sahelzone.

Wir kämpften gegen riesige Meeresungeheuer, todesbringende Riesenroboter und zerstörten einen gewaltigen Asteroiden, der auf Kollisionskurs mit der Erde war. Man nannte uns die „Blockrocker".

Wir waren noch an vielen anderen Orten, haben viele Abenteuer erlebt, tausendfach die Erde gerettet und wir hätten eigentlich fast eine neue Epoche der wandelnden Häuser eingeleitet, aber so kam es nicht ... aber wie das alles weiterging und warum man davon heute nichts mehr weiß, das erzähl ich euch ein anderes Mal.

*„If you are the big tree ... We are the small axe
... ready to cut you down ... to cut you down.“*

– Bob Marley –

Das System

Ich beginne diesen Text mit einer gewagten These:

Wer Bob Marleys Musik nicht mag, hat jeden emotionalen Bezug zum menschlichen Leben verloren.

Dies ist eine ziemlich fatalistische Aussage und falls du, ja du, der dies gerade liest, wirklich kein Bob Marley magst, dann tut es mir wirklich leid für dich.

Dir kann leider nichts mehr helfen.

Hitler hätte Bob Marley auch nicht gemocht.

Du hättest es also weit gebracht im Dritten Reich, falls dich diese Information darüber hinwegtröstet, dass kein Herz in deiner Brust schlägt.

Wahrscheinlich kommt diese Info aber leider siebzig Jahre zu spät und du hast somit paradoxerweise etwas mit den heutigen Hippies gemeinsam, welche Bob Marley lieben.

Du wurdest zur falschen Zeit geboren. Du bist damit aber nicht alleine.

Schlagende Herzen sind ein seltenes Gut in der heutigen Gesellschaft.

Wie sonst lassen sich die wirtschaftliche Ausbeutung der Dritten Welt, die Unterdrückung der Frauen, die Diskriminierung von Minderheiten, die Massentierhaltung und, hach, tausend weitere Dinge mit einem schlagenden Herzen in der Brust der Menschen in Einklang bringen? Richtig. Das fällt schwer.

Alles dreht sich nur noch ums Geld.

Ich habe mir jedoch nie Sorgen wegen Geld gemacht.

Vielleicht auch, weil ich seit neuestem diese krasse Einnahmequelle habe.

Ich stell mich in die Fußgängerzone der Stadt und singe.

Ich kann aber nur ein Lied und das sogar ziemlich schlecht. Es ist von Bob Marley und der Refrain geht so:

„If you are the big tree ... We are the small axe ... ready to cut you down ... to cut you down."

Wie ihr jetzt sicherlich bemerkt habt, ist das einzige Problem bei der Sache mit dem Musizieren, dass ich weder singen noch Gitarre spielen kann. Wahrscheinlich bekam ich deswegen überhaupt kein Geld von den Passanten. Ich ließ mich aber durch die fehlende Resonanz nicht entmutigen und spielte einfach weiter, schließlich macht Übung ja den Meister.

Obwohl, eigentlich ist fehlende Resonanz die falsche Beschreibung, denn ich bekam reichlich Feedback von den Menschen. Nur kein positives.

Wenn Leute an mir vorbeigingen, schüttelten sie den Kopf oder drohten mir mit Schlägen, wenn ich nicht aufhören würde zu singen.

Hunde urinierten gegen meine Beine und Tauben schissen mir auf den Kopf.

Ich ließ mich aber nie beirren und spielte einfach weiter. Und es hat sich gelohnt.

Als ich dann über zwei Stunden an derselben Stelle dasselbe Lied immer und immer wieder aus voller Brust von mir gab, kam ein Ladenbesitzer zu mir und bot mir 20 Euro an, falls ich aufhören würde, vor seinem Laden zu singen.

Der Ladenbesitzer meinte nämlich, es bestünde eine Korrelation zwischen meinen Gesangskünsten und seinen einbrechenden Einnahmen.

Egal, wo ich mich jetzt in der Fußgängerzone der City aufhielt und sang, kamen nach kürzester Zeit die Ladenbesitzer und gaben mir Geld, damit ich verschwinden würde.

Ohne dass ich es wirklich merkte, verwandelten sich meine performativen Gesangskünste zu einer seltsamen Form der Schutzgelderpressung, und ich verdiente mehr als die Mafia. Und was ich tat, war sogar legal.

Wenn ich vor einem Laden stand und sang, machte der Laden keinen Gewinn. Das sprach sich überall rum und die Ladenbesitzer überwiesen mir schon von vornherein Geld, sodass ich mich erst gar nicht auf den Weg in die Stadt machen musste und zu Hause blieb.

Ich wurde in kürzester Zeit reich und wusste nicht mehr, was ich mit dem ganzen Geld anfangen sollte, also machte ich in der Stadt einen Laden auf.

Vorerst verkaufte ich aber nichts.

Ich saß da einfach nur in einem Gartenstuhl in einer Ecke des Ladens rum und sang mein Lied:

„If you are the big tree ... We are the small axe ... ready to cut you down ... to cut you down."

Oft hörte ich Beschimpfungen, wenn Menschen an meinem Laden vorbeigingen, und ich wusste sofort, es waren die anderen Ladenbesitzer. Ich war nicht so recht beliebt bei ihnen. Keine Ahnung, warum. Dabei war ich doch jetzt sogar ein Kollege.

Alles Spießer.

Ich hatte zwar nen Laden, aber ich wusste nicht, was ich verkaufen sollte.

Nach zwei Wochen hatte ich eine Idee.

Ich entschied mich dazu, Gefechtsmaterial für Autonome zu verkaufen.

Ich machte zwar nicht so viel Umsatz, da meine Kunden doch ziemlich speziell waren, aber mein Laden war der einzige in der gesamten Innenstadt, der am 1. Mai noch intakte

Scheiben hatte und nebenbei richtig was verkaufte.

Ich verkaufte nur an einem Tag im Jahr etwas, aber das war mir egal.

Mir ging's eh nie wirklich um das Geld, und darum nahm ich nach einer gewissen Zeit von den Ladenbesitzern auch kein Schutzgeld mehr an.

Worum es mir aber eigentlich ging, wusste ich auch nicht so recht.

Ich glaube, ich habe mit dem Singen angefangen, weil ich entweder das System verändern wollte oder Geld brauchte. Ich kann mich aber an den genauen Grund nicht mehr erinnern, weil ich diese Entscheidung benebelt durchs Passivkiffen bei einem Reggaekonzert getroffen habe.

Ich glaub, der Gedankengang war in etwa so:

Scheiße, warum kostet alles überhaupt Geld?

Dieser scheiß Kapitalismus! Wir brauchen wieder einen Che Guevara, der was dagegen tut. Nur ein wenig hippiemäßiger. So wie Bob Marley, dachte ich, während ich Bob Marley hörte.

Jetzt erinnerte ich mich wieder! Ich wollte gegen das System kämpfen!

Also ging ich statt mit einer Kalaschnikow wieder mit einer Gitarre bewaffnet auf Streife durch die Innenstadt.

Wenn ich etwas sah, das mir nicht gefiel, wie zum Beispiel hohe Preise, schlechte Deko oder Produkte, die nach Kinderarbeit aussahen, begann ich, vor dem Laden zu singen, bis sie die von mir angesprochenen Mängel behoben hatten.

Ich hatte endlich das System geändert, aber die Ladenbesitzer passten sich an. Als ich das nächste Mal in die Stadt kam, verprügelte mich eine Gruppe muskelbepackter Typen und sagte mir, ich solle mich nie wieder in der Stadt mit meiner Gitarre blicken lassen.

Die Ladenbesitzer gaben jetzt ihr Schutzgeld an die richtige Mafia und die kümmerte sich auf die klassische Art und Weise um das Problem. Also um mich.

Ich kam mir vor wie Troubadix. Der Barde aus Asterix, der nie singen darf.

Wie immer hatte sich das System angepasst und ich hatte mit meinem Idealismus nur dazu beigetragen, dass die Welt ein wenig düsterer wurde und es in der Stadt jetzt nur so von richtigen Mafiosi wimmelte. Ich habe sie darauf aufmerksam gemacht, dass es hier was zu holen gab.

Mir blieb leider nichts anderes übrig, als in meinen Laden zu gehen, mein Lied zu singen und auf den 1. Mai zu warten. Damit ich wieder was verkaufen konnte, da ich dringend Geld brauche.

Die Mafia hat nämlich das Schutzgeld erhöht.

„Statt zu klagen, dass wir nicht alles haben, was wir wollen, sollten wir lieber dafür dankbar sein, dass wir nicht alles bekommen, was wir verdienen."

– Dieter Hildebrandt –

Santa Müll

Der Mensch ist ein ziemlich undankbares Wesen und er vergöttert die falschen Helden.

Warum sonst ist der Weihnachtsmann beliebter als der Müllmann?

Wenn man genau hinschaut, bemerkt man gar keinen so großen Unterschied zwischen den beiden ... wenn man mal davon absieht, wer von den beiden gesellschaftlich höher angesehen ist.

Aber bleiben wir vorerst bei den Gemeinsamkeiten.

Beide, sowohl der Müll- als auch der Weihnachtsmann, tragen eine Uniform und schleppen Säcke durch die Gegend.

Der eine trägt den Sack zu uns und der andere von uns weg.

Der eine bringt uns Dinge, die wir uns wünschen, und der andere entsorgt die Dinge, die wir nicht mehr brauchen.

Beide haben einen mobilen Untersatz und wenn man sich die Frage stellt, wer von beiden ökologisch verantwortungsbewusster handelt, dann fällt die Antwort nicht schwer.

Oder könnt ihr mir sagen, wer von beiden den Müll herbringt und wer den Müll wegschafft?

Aber einige werden jetzt sagen:

„Aber dafür produziert der Weihnachtsmann keine Abgase mit seinem Schlitten."

Und was ist mit den armen Rentieren, welche Tonnen von Geschenken durch die Gegend ziehen müssen? Sind die etwa keine fühlenden Wesen?

Lieber ein paar Abgase anstatt Tiere zu quälen, sag ich dazu nur.

Egal. Wir sollten uns lieber auf das Wesentliche konzentrieren.

Stellen wir uns einfach mal die Frage:

Wen von den beiden brauchen wir denn dringender?

Den Müll- oder den Weihnachtsmann?

Stellt euch mal vor, wie die Welt aussähe, wenn die beiden tauschen würden.

Der Weihnachtsmann würde dann jede Woche kommen und der Müllmann nur einmal im Dezember.

Was glaubt ihr, wie es hier aussähe?

Die Menschheit würde an ihren Wünschen ertrinken.

Überall wären Berge von Weihnachtsgeschenken.

Die Straßen wären vollgestopft mit all den unnötigen Dingen, die man sich gewünscht hat. Das würde uns richtig auf den Sack gehen.

Und wenn dann einmal im Jahr der Müllmann kommen würde, um nachts ganz heimlich all die Straßen zu säubern und uns von dem Müll zu befreien, würden wir ihm dann nicht genauso huldigen wie heutzutage dem Weihnachtsmann?

Der Weihnachtsmann würde einmal die Woche mit seinem Geschenkewagen vorbeikommen und ganz viele Konsumartikel in unseren Geschenkeeimer werfen, und alle Menschen würden sich aufregen, wenn der Weihnachtsmann den Geschenkeeimer wieder bis zum Anschlag vollgestopft hätte.

Die Kinder würden jedes Mal weinen, wenn der Weihnachtsmann wieder da war und die Mutter danach mit traurigem Blick und einer Spielkonsole unterm Arm zu den Kindern ins Zimmer tritt und sagt:

„Sorry, Schatz, aber das war im Geschenkeeimer und da steht dein Name drauf."

Die Kinder würden weinend schreien:

„Bitte, Mama, ich will das nicht haben, ich habe doch schon 20 davon ... bitte nimm es wieder, wo soll ich es denn hier noch hintun?"

Sie würden ihre Eltern anbetteln, das Geschenk wieder mitzunehmen, weil sie in ihren

Zimmern wegen der vielen Spielsachen überhaupt keinen Platz mehr zum Spielen hätten.

Weihnachtsmann wäre kein sehr angesehener Beruf, und wenn ein kleines unwissendes Kind den Weihnachtsmann beneidet, weil er auf seinen Geschenkwagen aufspringt und damit durch die Gegend cruist, und seinem Vater sagt: „Wenn ich groß bin, werde ich auch Weihnachtsmann!" – dann wäre der Vater entsetzt.

Wenn dagegen das Kind fragt, ob es den Müllmann wirklich gibt, würden einige linksliberale Eltern sagen:

„Der ist doch nur eine Erfindung von Coca-Cola."

Es gäbe dann auch die Drohung der Eltern an die Kinder:

„Wenn du nicht artig bist, kommt der Müllmann nicht zu uns nach Hause und nimmt auch gar keine Geschenke mit!"

Dies wäre eine Drohung, die auch wirklich funktionieren würde, und dies wäre auch der einzige positive Effekt, den der Tausch von Weihnachts- und Müllmann hätte.

Wir hätten viel mehr artige Kinder.

Es wären aber sehr verstörte artige Kinder.

Es darf nicht so weit kommen, dass Müll- und Weihnachtsmann tauschen, denn das wäre das Ende der Welt.

Guckt euch Neapel an, denn da hat die Geschenkemafia schon gewonnen.

Und nun Vorsicht, denn jetzt kommt ein Wortspiel auf Englisch:

Neapel is our present future.

Versteht ihr die Doppeldeutigkeit von „present"? So Geschenk und Gegenwart in einem. Voll stylish eingebaut, oder? So krasse Metaebenen und so. Nice. Na ja, egal. Zurück zum Text.

Wir wollen kein zweites Neapel, und darum plädiere ich dafür, dem Müllmann den Respekt zu zollen, den er auch verdient. Wir sollten ihm hier und jetzt huldigen, und dafür brauch ich eure Hilfe.

Darum sprecht mir bitte nach und sagt das Müllgebet auf:

Vater Müllmann aus Müllhausen,

geheiligt werde dein Name.

Dein Wagen komme.

Dein Wille geschehe.

Unser täglich Müll nimm uns heute.

Mach einen Himmel aus unserer Erde.

Und vergib uns unseren Müll.

Wie auch wir vergeben unseren Schenkenden.

Und führe uns nicht in Versuchung.

Sondern erlöse uns von dem ganzen materiellen Müll.

Denn dein ist das Reich des Mülles und die Kraft und die Herrlichkeit in Ewigkeit.

Amen.

Danke.

> *„Nur im Fluss bleiben, nur nicht zur Spinne eines Gedankens werden."*

– Christian Morgenstern –

Ich bin ich

Ich bin ich, ich bin ich, ich bin ich, ich bin ich,
ich bin ich, ich bin ich, ich bin ich, ich bin ich,
ich bin ich, ich bin ich, ich bin ich, ich bin ich,
ich bin ich, ich bin ich, ich bin ich, ich bin ich,
ich bin ich, ich bin ich, ich bin ich, ich bin ich,
ich bin ich, ich bin ich, ich bin ich, ich bin ich,
ich bin ich, ich bin ich, ich bin ich, ich bin ich,
ich bin ich, ich bin ich, ich bin ich, ich bin ich,
ich bin ich, ich bin ich, ich bin ich, ich bin ich,
ich bin ich, ich bin ich, ich bin ich, ich bin ich,
ich bin ich, ich bin ich, ich bin ich, ich bin ich,
ich bin ich, ich bin ich, ich bin ich, ich bin ich,
ich bin ich, ich bin ich, ich bin ich, ich bin ich,
ich bin ich, ich bin ich, ich bin ich, ich bin ich,
ich bin ich, ich bin ich, ich bin ich, ich bin ich,
ich bin ich, ich bin ich, ich bin ich, ich bin ich,
ich bin ich, ich bin ich, ich bin ich, ich bin ich,
ich bin ich, ich bin ich, ich bin ich, ich bin ich,
ich bin ich, ich bin ich, ich bin ich, ich bin ich,
ich bin ich, ich bin ich, ich bin ich, ich bin ich,
ich bin ich, ich bin ich, ich bin ich, ich bin ich,
ich bin ich, ich bin ich, ich bin ich, ich bin ich,
ich bin ich, ich bin ich, ich bin ich, ich bin ich,
ich bin ich, ich bin ich, ich bin ich, ich bin ich,
ich bin ich, ich bin ich, ich bin ich, ich bin ich,

ich bin ich, ich bin ich, ich bin ich, ich bin ich,
ich bin ich, ich bin ich, ich bin ich, ich bin ich,
ich bin ich, ich bin ich, ich bin ich, ich bin ich,
ich bin ich, ich bin ich, ich bin ich, ich bin ich,
ich bin ich, ich bin ich, ich bin ich, ich bin ich,
ich bin ich, ich bin ich, ich bin ich, ich bin ich,
ich bin ich, ich bin ich, ich bin ich, ich bin ich,
ich bin ich, ich bin ich, ich bin ich, ich bin ich,
ich bin ich, ich bin ich, ich bin ich, ich bin ich,
ich bin ich, ich bin ich, ich bin ich, ich bin ich,
ich bin ich, ich bin ich, ich bin ich, ich bin ich,
ich bin ich, ich bin ich, ich bin ich, ich bin ich,
ich bin ich, ich bin ich, ich bin ich, ich bin ich,
ich bin ich, ich bin ich, ich bin ich, ich bin ich,
ich bin ich, ich bin ich, ich bin ich, ich bin ich,
ich bin ich, ich bin ich, ich bin ich, ich bin ich,
ich bin ich, ich bin ich, ich bin ich, ich bin ich,
ich bin ich, ich bin ich, ich bin ich, ich bin ich,
ich bin ich, ich bin ich, ich bin ich, ich bin ich,
ich bin ich, ich bin ich, ich bin ich, ich bin ich,
ich bin ich, ich bin ich, ich bin ich, ich bin ich,
ich bin ich, ich bin ich, ich bin ich, ich bin ich,
ich bin ich, ich spinn nich', ich spinn nich', ich
spinn nich', ich spinn nich', ich spinn nich', ich
spinn nich', ich spinn nich', ich spinn nich', ich
spinn nich', ich spinn nich'.
Ich spinn nicht!
Spinn ich?
Ich spinne.
Nein, ich spinn nich'.
Ich: Spinne.
Mit acht Beinen.
Man könnte fast Beinen, ich spinne.

„Wissen ist Macht."

– Francis Bacon –

Ich weiß ES

Ich tippte den verhängnisvollen Satz in mein Handy und schickte es an meinen Mitbewohner.

Ich war zu faul, um rüberzugehen.

Wir hatten uns einen Abend davor gefragt, ob Urin im Dunkeln leuchtet, wenn man vorher genug Glühwürmchen isst.

Ich habe daraufhin einen renommierten Biologen im Max-Planck-Institut angemailt und gefragt.

Er antwortete nur mit einem Wort: „Nein." Wir hatten beide auf „Ja" getippt, waren uns aber nicht ganz sicher gewesen.

Ich schrieb daraufhin meinem Mitbewohner nur einen Satz als SMS:

„Ich weiß ‚ES'" – wobei das „ES" großgeschrieben und, um dem Wort einen mystischen Touch zu geben, von Anführungsstrichen umgeben war.

Ich sendete die SMS zu ihm und nach nur fünf Minuten klopfte es an meiner Tür. Mein Mitbewohner Alex stapfte ziemlich aufgelöst in mein Zimmer.

„Du weißt es also", murmelte er leicht nervös vor mir stehend.

„Ja, ich weiß es", sagte ich und grinste ihn wissend an.

Aber bevor ich ihm erklären konnte, dass Urin nicht leuchtet, wenn man vorher Glühwürmchen isst, begann er, sich zu entschuldigen und er flehte mich an, ihm zu verzeihen.

Er hätte das Geld der Nachzahlung nicht behalten, sondern nur für eine Weile borgen wollen, bis es ihm finanziell besser gehe. Er werde es mir aber umgehend zurückerstatten, und wenn er dafür seine Anlage verkaufen müsse.

Ich war ein wenig überrascht über sein Geständnis, da ich ihm eigentlich nur die Sache mit den Glühwürmchen erzählen wollte.

„Ist das alles?", fragte ich ihn daraufhin geistesgegenwärtig.

Nein, war es nicht.

Er habe die Orgie mit den vier restlichen Personen nicht bei mir im Bett abhalten wollen, aber wer konnte ahnen, dass die Austauschstudenten aus Schweden so aufgeschlossen waren.

Dass er natürlich sternhagelvoll entschieden habe, die Sache in mein Zimmer zu verlegen, da sein Zimmer nicht aufgeräumt und sein Bett viel zu klein für so viele Menschen war, sei natürlich ein großer Fehler gewesen.

Ich war natürlich ein wenig schockiert, aber bekam sofort 100 Euro auf die Hand und konnte mir ab jetzt einiges in der WG erlauben. Mit eingezogenem Schwanz zog sich mein Mitbewohner wieder zurück.

Da saß ich nun in meinem Zimmer und rekapitulierte den Vorfall.

Ich tippte den Satz erneut in mein Handy.

Ich schickte ihn an meine Freundin.

Sie antwortete nicht und nach 20 Minuten wollte ich gerade die nächste SMS an meinen besten Kumpel Siggi schicken, als sie mich plötzlich anrief.

In Tränen aufgelöst sagte sie, dass ich so was nicht verdient hätte und sie selbst nicht wusste, was sie geritten hätte, als sie mit Siggi geschlafen hatte. Ich antwortete nur trocken, dass ich aber wüsste, was Siggi geritten hätte.

Ich fügte hinzu: „Und was noch?"

Sie stockte kurz und beichtete schluchzend, dass es wohl nicht besser mache, dass die Sache mit Siggi schon seit zwei Jahren laufe, und sie verstehen könne, wenn ich die Beziehung beenden würde.

Ich tat es.

Diese SMS hatte nicht sehr viel gebracht, außer dass ich mir die SMS für Siggi gespart hatte.

Obwohl ... ich schrieb Siggi dann doch, aber der Satz war ein wenig modifiziert.

Ich schrieb wieder „Ich weiß ES", aber in Klammern dahinter, dass ich damit nicht die Affäre mit meiner Freundin meine, sondern „das Andere".

Siggi sah ich danach nie wieder und ich weiß bis heute nicht, was er noch ausgefressen hatte, aber ich habe gehört, er lebt jetzt irgendwo versteckt in Argentinien.

Ich war ein wenig schockiert über die Folgen einer SMS und trotz der zerstörerischen Wirkung konnte ich nicht damit aufhören. Ich merkte langsam, wie ich süchtig danach wurde.

Als Nächstes schickte ich eine SMS an meine Mutter.

Sie rief mich an und versuchte sich rauszureden und meinte, dass sie sich daran erinnern könne, es mir beiläufig erzählt zu haben, dass Papa nicht mein Papa sei. Ich glaubte ihr zwar nicht, aber meiner Mutter konnte ich nie allzu lange böse sein, dafür kochte sie viel zu gut.

Ich solle es aber Papa nicht erzählen, das würde ihn viel zu sehr überraschen und wir beide würden ja wissen, wie wenig er doch Überraschungen möge. Das ergab Sinn, trotzdem schrieb ich Papa auch: „Ich weiß ES."

Er antwortete: „Ja, und?" Wann und wie oft er in den Puff gehe, sei ja wohl ganz alleine seine Sache.

Ich schrieb ihm nur zurück, dass ich nicht mehr sein Sohn sei.

Als Nächstes schrieb ich meinem Onkel.

Er bat mir daraufhin an, dass ich ihn auch gerne Papa nennen könne.

Ich bat ihm daraufhin an, dass er seinen Sohn jetzt auch mal langsam finanziell beim Studium unterstützen könne.

Ich wusste nicht, wie viele Geheimnisse mich umgaben, aber ich war bereit, die Büchse der Pandora zu öffnen und verschickte den Zaubersatz an sämtliche Leute in meinem Adressbuch.

Ihr könnt euch nicht vorstellen, was danach los war.

Dauernd klingelte mein Handy und es kamen meine sogenannten Freunde vorbei.

Sybille gestand mir ihre Liebe, Jonas seinen Hass.

Mehmet gab zu, dass er doch kein Türke sei, sondern eigentlich gebürtiger Ostwestfale namens Rudolph und den Migrationshintergrund bräuchte, weil es heutzutage hip sei und er bei der Damenwelt punkten wolle.

Simon fragte mich, wie ich darauf käme, dass er heimlich Frauenklamotten trage.

Ich schrieb nur zurück, wie er darauf käme, dass ich das mit den Frauenklamotten meine.

Annika schrieb, sie fände es selbst doof, aber könne es jetzt auch nicht mehr ändern und ich solle es bloß nicht weitererzählen. Ich wusste zwar nicht, was sie meinte, aber ich stimmte ihr zu.

Stefan kam einfach vorbei und reichte mir wortlos 10.000 Euro in kleinen Scheinen.

Jürgen kam auch vorbei und gab mir wortlos 10.000 Euro in großen Scheinen.

Dominik fragte, ob ich denn auch auf ihn stehen würde.

Ich antwortete mit nur einem Wort: „NEIN!"

Ich fing an, wahllos irgendwelche Nummern einzutippen und den Satz zu verschicken.

Ein gewisser Morpheus fragte mich, ob ich, da ich es jetzt ja wisse, die rote oder blaue Pille haben wolle. Ich sagte: „lila".

Es ging immer so weiter und die ganzen Leichen krochen aus den Kellern der Menschen in meinen Kopf.

Es wurde langsam zu viel für mich und die letzte Antwort brachte die Wende.

Ich bekam nämlich folgende Antwort auf den „Ich weiß ES"-Satz:

„Hallo, du Wurm, ich weiß ES auch. Ich weiß alles! Also texte mich nicht voll. Wir sprechen über die ganze Sache noch mal nach deinem Tod, wenn du mir versuchst zu erklären, warum du immer noch in den Himmel darfst.

Allwissende Grüße

Gott

PS: Woher hast du meine Nummer?"

„Wer nichts weiß, muss alles glauben."

– Marie Freifrau von Ebner-Eschenbach –

Sie weiß es – Big Mother is watching you

Mehrere Minuten lang starrte ich wie paralysiert auf meinen Bildschirm.

Die Errungenschaften unserer Zeit haben das Leben des modernen Menschen in den letzten hundert Jahren fundamental verändert. Die Erfindung der Atombombe, die Entschlüsselung der DNS, der Arabische Frühling, Einstein und seine Relativitätstheorie, das Zeitalter der Quantenmechanik, das Frauenwahlrecht, die Landung auf dem Mond, Drehverschlüsse für Milchpackungen, der 11. September, die Computerisierung der Welt und das Internet waren alles Entwicklungen der Menschheit, die ich als vernunftbegabter Mensch mehr oder weniger akzeptiert habe und irgendwie in meinem Oberstübchen einordnen konnte, ohne auf der Stelle völlig verrückt zu werden. Aber dass ich eines Morgens meinen Computer hochfahre und eine triviale Nachricht meine gesamte Welt aus den Angeln hebt, damit hatte ich nie gerechnet, doch auf einmal war es so weit, der Super-GAU, die Apokalypse, die neue Eiszeit oder, einfacher gesagt, das Ende der Welt ist eingeläutet worden durch einen simplen Klick, denn meine Mutter hat mir bei Facebook eine Freundschaftseinladung geschickt.

Ich starrte entsetzt auf ihr Profilbild.

Eigentlich war es kein Foto von ihr, sondern von *mir* ... denn sie war nur verschwommen grinsend im Hintergrund zu sehen. Das Foto wurde Sekunden nach meiner Beschneidung geschossen. Sie hielt mich nackt und mit bandagiertem Penis der Kamera entgegen.

Ich guckte schon als Kind genauso verstört in die Kamera, wie ich in dem Moment ihr Profilbild betrachtete. Ein Spiegel der Zeit.

Meine Emotionen wühlten mich auf und viele, viele Fragen schossen mir durch den Kopf.

Wieso kann sie überhaupt einen Computer bedienen?

Welcher verantwortungslose Teil meiner Familie hat es ihr beigebracht?

Warum ist sie überhaupt bei Facebook und weshalb ist dieses scheiß Facebook nur so scheiß benutzerfreundlich eingestellt, dass sie mich hier überhaupt unter meinem richtigen Namen finden kann?

Was will sie von mir? Denkt sie wirklich, wir sind Freunde? Schulde ich ihr noch Geld?

Und verdammte Scheiße ... wie kann ich ihre Freundschaftseinladung ablehnen, ohne dass sie mich fertigmacht?

Mütter sind die wahren Superhelden unserer Zeit. Sie haben irgend'ne krasse Hypnosetechnik, die uns Kinder völlig fertigmachen kann.

Nachdem ich den ersten Schock verdaut und mir drei Spritzen Morphium in die Halsarterie gerammt hatte, versuchte ich, mit klarem Kopf einen Masterplan gegen diese apokalyptische Bedrohung zu erarbeiten.

Ich hab mich wirklich damit abgefunden, dass es keine richtige Privatsphäre mehr gibt.

Unternehmen spähen im Netz deine Gewohnheiten aus, um dir auf dein Profil angepasste Produkte anzubieten, die SCHUFA dokumentiert deine Kreditwürdigkeit, der GEZ-Mann klingelt an unserer Tür und will nur mal einen Blick in unsere Wohnzimmer werfen, in der Zukunft wird man sich für die Abtreibung eines Babys entscheiden, weil es keine vorteilhaften Gene hat, in einigen Großstädten wird jede Bewegung der Menschen durch Kameras dokumentiert und die NSA weiß sowieso alles über uns.

Big Brother is watching you.

Was passiert aber, wenn deine Mama mit dir bei Facebook befreundet ist?

Dann heißt es plötzlich „Big Mother is watching you", und das ist tausendmal schlimmer als der große Bruder.

Von daher war es wie ein Reflex, aber ich lehnte die Anfrage mit einer schnellen Bewegung der Maus ab und klappte sofort meinen

Rechner zu, als ob es dadurch meine Mutter nicht merken würde, von mir abgelehnt worden zu sein.

Zwei Sekunden später klingelte mein Handy und auf dem Display leuchteten fünf harmlose Buchstaben, die aneinandergereiht einen apokalyptischen Namen bildeten.

Mutti.

Ich hatte sie gerade erst bei Facebook abgelehnt, jetzt auch noch nicht ranzugehen, konnte ich, ohne einen familiären Tsunami auszulösen, nicht riskieren, also drückte ich schweren Herzens auf den grünen Knopf meines Mobiltelefons.

„Warum hast du meine Facebook-Einladung abgelehnt?", fragte sie sofort, ohne hallo zu sagen, und bevor ich überhaupt irgendwas gesagt hatte.

„Ich? Ja, nein. Ach so", war meiner Meinung nach vorerst die geschickteste Antwort, die ich geben konnte, aber dann fuhr ich fort:

„Also, das ist bei mir kaputt, Mama. Ich kann seit einiger Zeit keine Einladungen annehmen.

Keine Ahnung, warum. Ich hab dem Mark Zuckerberg schon eine E-Mail geschrieben, damit er sich darum kümmert, aber der ist ja auch so schrecklich beschäftigt in letzter Zeit. Das kann also noch ein paar Jahre, wenn nicht Jahrzehnte, dauern, bis wir befreundet sein können, Mama.“

„Willst du mich auf den Arm nehmen, Sohn? Wieso hast du denn in letzter Zeit dauernd neue Freunde? Ich kann das nämlich bei Facebook sehen, auch wenn wir hier nicht befreundet sind", fragte sie argwöhnisch. Scheiße, das hatte ich nicht auf „privat" gestellt.

„Ähm, also, *ich* kann selbst noch Leute einladen ... ich kann nur nicht neue Freunde annehmen", antwortete ich schnell und bemerkte meinen Logikfehler nicht.

„Also gut. Dann schickst du mir einfach gleich eine Freundschaftseinladung und die Sache ist geregelt. Ich kann es nämlich kaum erwarten zu sehen, was du mit wem in deiner Freizeit so tust."

Mit diesem Satz legte sie auf.

Dieses Gespräch lief nicht ganz so, wie ich es erhofft hatte. Ich kam mir vor wie ein Soldat, welcher mit blankem Entsetzen eine Handgranate in seinen Händen anstarrt, weil er gerade erst gemerkt hat, dass er anstatt der Handgranate den Zündstift in Richtung des Feindes geworfen hat. Aber bevor die Granate in meinen Händen explodierte, hatte ich plötzlich eine Eingebung.

Ich ging in die Offensive.

Wenn sie meine Freundschaftseinladung haben will, kein Problem. Was meine Mutter eigentlich möchte, sind schlicht und ergreifend Informationen über die Dinge, die ihr Kind tut.

Von mir aus kann sie sehr viele Informationen über mich bekommen. Ich entscheide aber, welche.

Ich löschte meinen Account und erstellte in Windeseile einen neuen Account mit demselben Foto und meinem Namen. Ich stellte alles auf „öffentlich", außer der Möglichkeit zu sehen, wer meine Freunde sind und wie viele ich habe. Dann lud ich meine Mutter ein. Sofort nachdem ich die Einladung abgeschickt hatte, wurde die Freundschaftseinladung bestätigt.

In dem Account konnte man nur elternfreundliche Sachen über mich herausfinden.

Ich inszenierte eine spezielle Truman Show für meine Mutter. Man sollte es vielleicht besser „Tru-mam Show" nennen.

Da stand zum Beispiel, dass ich den deutschen Friedenspreis gewonnen hätte, oder so persönliche Sachen wie mein neues Gedicht mit dem Titel: „Mama ist die Beste, Papa aber auch".

Ich postete dann nur noch gestellte Artikel über mich: Wie ich mit der Schippe in der Hand beim Aufbau eines Asylantenheims helfe oder wie ich als Clown in der Kinderklinik die Kids aufheitere.

Auch meine „Gefällt mir"-Angaben sind wohldurchdacht ausgewählt.

„Sagt nein zu Drogen!" Gefällt mir.

„Mein Schlafzimmer ist die Bibliothek!" Gefällt mir.

„Sex vor der Ehe. Nicht mit mir!" Gefällt mir.

„Ich putz mir fünfmal am Tag die Zähne!" Gefällt mir.

„Mutti ist der Boss!" Gefällt mir.

„Mutti ist der Oberboss!" Gefällt mir noch mehr.

„Ich bin mit meiner Mutti bei Facebook befreundet, denn ich habe nichts zu verbergen!" Das fand ich dann doch ein wenig zu übertrieben und darum löschte ich die Gruppe wieder.

Es ging immer so weiter und die meisten Gruppen musste ich selbst gründen.

Ich war ein Musterjunge und als ich merkte, wie zufrieden meine Mutter mit mir war, fing ich an, dieses Prinzip auf alle meine Facebook-Freunde auszuweiten. Jede Person in meinem virtuellen Freundeskreis bekam eine Freundschaftseinladung mit einem speziell auf diese Person abgestimmten Profil.

Mein Profil für meine Arbeitskollegen zeigte mich auf tausenden Fotos und aus verschiedenen Perspektiven, wie ich gedankenversunken und in Denkerposen am Schreibtisch an irgendwas arbeitete.

Mein Partyfreunde-Profil beinhaltete ausschließlich von mir mit Photoshop erstellte Fotos, auf denen man mich nur auf Aftershow-Partys mit den angesagten Stars aus Funk und Fernsehen sieht.

Ich hatte ein Profil für Frauen, die ich nur heiß finde, eins für Frauen, die ich heiß finde und heiraten würde, und eins für Frauen, die ich heiraten würde, wenn sie heiß wären. Jeder bekam sein eigenes spezielles Bild von mir, das ich selbst bestimmt hatte. Nach einem Monat Arbeit hatte ich alle Profile angelegt und fühlte mich zum ersten Mal in meinem Leben wirklich sicher.

Ansonsten hat sich in meinem Leben nicht viel verändert und meine morgendliche Routine ist wie immer.

Ich wache morgens auf, putz mir die Zähne, mach mir einen Kaffee, setz mich vor meinen Laptop und check nur kurz bei Facebook ab, ob's was Neues gibt. Nachdem ich dann alle Profile durch habe, putz ich mir erneut die Zähne und leg mich wieder hin, da es schon ziemlich spät in der Nacht ist und bald schon ein neuer Tag beginnt, an dem ich wie immer viel zu tun habe.

Hebt die Gläser und sprecht einen Toast auf einen weiteren schönen neuen Tag in einer schönen neuen Welt und vor allem auf Mutti!

„Es ist durchaus nicht dasselbe, die Wahrheit über sich zu wissen und sie von anderen hören zu müssen."

– Aldous Huxley –

Prism Break

Sehr geehrter Barack Hussein Obama,
Dear Mr. President,

na, alles fresh bei dir?

Ich schicke dir diesen Brief über Facebook, Google, Yahoo und mit einem Word-Dokument auf einem MacBook, um sicherzugehen, dass dich diese Nachricht auch wirklich erreicht.

Ich bitte an dieser Stelle auch deine Vorkoster bzw. Vorleser, dies dementsprechend an dich weiterzuleiten. Dafür schon mal vorab: Thank you, guys! Good job!

Bei den gewaltigen Datenmengen, die deine Behörde NSA zu bewältigen hat, kann es ja sein, dass euch dieser Brief durch die Lappen geht und ihr gar nicht mitbekommt, was ich dir zu sagen habe.

Um dies zu verhindern, werde ich einfach folgende Signalwörter aufzählen, um deine Behörde auch wirklich aufhorchen zu lassen.

Bombe, Al-Quaida, Area 51, Flugzeugentführung und Barack Obama hat einen kleinen Penis.

Wenn ihr Programm einwandfrei funktionieren sollte, wovon ich mal ausgehe, dann dürfte ich wohl jetzt wirklich eure Aufmerksamkeit haben ... aber um auf Nummer sicher zu gehen, werde ich vereinzelt aus dem Zusammenhang gerissene Schlagwörter in diesen Text einbauen.

Ich habe mir die Freiheit genommen, dich zu duzen, denn schließlich kennen wir uns ja auch schon relativ gut. Ich kenne dich inzwischen, weil du schon seit Jahren in der Öffentlichkeit stehst, und du kennst mich, weil du alles mitkriegst, was ich so im digitalen Kommunikationsbereich tue.

Vielen Dank an dieser Stelle für die Sicherheitskopien meiner Daten. Aber ich habe selbst genug Sicherheitskopien erstellt und brauche diesen Service überhaupt nicht.

Ich hab dich auch nie danach gefragt. Gibt es irgendwo eine Hotline, wo ich mich von dieser Dienstleistung abmelden kann?

„Wissen ist Macht", schrieb einst der Philosoph Francis Bacon, einer der wichtigsten Vertreter der Aufklärung, und paradoxerweise wissen wir jetzt auch, was du tust. Du findest es vielleicht gemein, aber ich finde es nur fair.

Apropos Aufklärung: Genau da sehe ich noch ein wenig Nachholbedarf.

Ich würde gerne mehr darüber erfahren, warum du so viel über mich wissen willst und was du schon alles weißt. Unsere Regierung verhält sich in Sachen Aufklärung nämlich sehr Merkel-würdig und man bekommt nicht wirklich brauchbare Informationen aus unseren demokratischen Vertretern heraus.

Das ist ein wenig spooky, denn ich bin mir sicher, du weißt Dinge über mich, die ich selbst gar nicht weiß.

By the way: Ich bin nur so oft auf Pornoseiten, weil ich eine wissenschaftliche Feldstudie betreibe ... nicht, dass du denkst, ich wäre pervers oder so, und mich dann nach Guantanamo schickst.

Hast du nicht irgendwann mal versprochen, du würdest Guantanamo schließen?

War nur Gelaber, wa?

Schade, ich hab dir wirklich geglaubt und mein Onkel und drei meiner Cousins, die unschuldig dort sind, auch.

Ich hab mal gelesen, dass einer der Gründe, warum ihr die Häftlinge in Guantanamo nicht rauslassen könnt, sei, dass laut einer psychologischen Studie sehr viele Insassen, die zu Unrecht dort mehrere Jahre gefoltert und gefangengehalten wurden, so einen Hass auf Amerika schieben, dass die Gefahr, dass sie nach der Freilassung Terroristen werden, zu groß sei.

Ist schon ziemlich dumm gelaufen, wa?

Ich wette aber, manche wollen sich gar nicht rächen, sondern nur zurück zu ihren Familien.

Kennst du eigentlich Galileo Galilei?

Er hatte herausgefunden, dass die Erde sich um die Sonne drehte, aber auf Druck der Kirche musste er seine Erkenntnis 1633 widerrufen und wurde für den Rest seines Lebens unter Hausarrest bzw. unter die Aufsicht der Inquisition gestellt.

Kommt dir dieses Schicksal irgendwie bekannt vor?

Jemand wird von der dominanten Macht – zu der Zeit die Kirche – verfolgt und unterdrückt, nur weil die Person die Wahrheit aussprach ...

Edward Snowden und Bradley Mannings sind Helden.

Sie sind wahre amerikanische Patrioten, welche sich um das Ansehen und die Rechtschaffenheit der USA Gedanken gemacht haben, und es nicht mehr hinnahmen, dass ihr Land jegliche Menschenrechte mit Füßen tritt.

Von einem totalitären Regime erwartet man so was, aber nicht von einem demokratischen Staat, welcher in ein Dutzend Länder einmarschiert ist, um genau diese Werte zu verteidigen.

Alles in allem wirkt das nämlich ziemlich scheinheilig.

Ich dachte eigentlich, es gibt so viele Sachen, die uns verbinden, lieber Barack Hussein Obama.

Ich hatte wirklich große Hoffnungen in dich gesetzt, als du vor Jahren Präsident der Vereinigten Staaten von Amerika wurdest. Diese Hoffnungen wurden aber allesamt zerstört, wenn nicht sogar in die Luft gesprengt. Yeah, Al-Qaida, yeah!

Es ist ja nicht so, dass mir dein Interesse an meinem Privatleben nicht irgendwie schmeicheln würde, ich finde es sogar richtig Bombe.

Aber wenn du wirklich alle Menschen auf der Welt ausspionierst, dann komm ich mir überhaupt nicht mehr exklusiv vor und deine Stalkerei verkommt zur Beliebigkeit, weil du es einfach mit jedem machst.

Für euch in Amerika ist das alles nur ein Schachspiel.

Ihr habt eure Bauern vorgeschickt, weil euch zwei Türme fehlten.

Jetzt sind wieder „die Anderen" am Zug und sie setzen ihre Schläfer, ähm, Springer auf C4.

Aber wie wäre es, wenn wir uns einfach mal auf einen Kaffee träfen und über die ganze Sache redeten, bevor es unnötigerweise eskaliert?

Wenn du keine Zeit hast, kannst du auch eine Drohne vorbeischicken, und wir machen eine Videokonferenz. Über Skype mit dir zu reden, ist mir zu unsicher.

Bei dem Internet heutzutage weiß man ja nicht mehr genau, wer da so alles mithört, aber ich wette, bei dem ganzen technischen Spielzeug, was dir zur Verfügung steht, können wir uns ungestört und bombensicher fühlen.

Ich vermute, dass ich mit diesem Brief den üblichen Rahmen sprenge, aber ich weiß wirklich nicht, wie ich dich sonst erreichen kann.

An dieser Stelle noch mal ein Signalsatz.

Barack, wir wissen, wo dein Flugzeug steht: die Air Force One, die Air Force One!

Barack, wir wissen wo dein Flugzeug steht, fahr Bus und Bahn, fahr Bus und Bahn!

Nimm das bitte nicht persönlich, denn ich bin ein ziemlich ironischer Typ und stelle manche Sachen ziemlich überspitzt dar.

Also, nothing for ungood.

Ich muss dir aber auch danken, lieber Barack.

Deine letzte Aktion mit dem Überwachungsprogramm Prism hat mich zu einer wundervollen Romanidee inspiriert.

Es ist ein Science-Fiction-Roman namens Prism Break, welcher im Jahre 2084 spielt und von einem Ottonormalbürger handelt, welcher über 2084 Seiten vergeblich versucht, sich von Facebook abzumelden.

Bist du eigentlich bei Facebook, Barack?

Wenn ja, dann kannste mich ruhig adden oder bei meiner Künstlerseite „Gefällt mir" klicken. Am besten beides.

Heraklit schrieb mal: „Vielwisserei lehrt nicht, Vernunft zu haben."

Lass dir diesen Spruch auf deinen Oberarm tätowieren, denn es ist noch nicht zu spät für einen „change", Baracki.

Und wenn du daran zweifelst, ob du es schaffen kannst, dann hör auf mich, oder, besser gesagt, hör auf dich selbst:

„Yes, you can."

Love

S.

„Völlig zu Recht halten die islamischen Fun-
damentalisten den Westen für schwach, deka-
dent und nicht einmal abwehrbereit. Wer als
Reaktion auf Geiselentführungen und Ent-
hauptungen, auf Massaker an Andersgläubigen,
auf Ausbrüche kollektiver Hysterie mit der
Forderung nach einem ‚Dialog der Kulturen‘
reagiert, der hat es nicht besser verdient.“

– Henryk M. Broder –

Die Bombe

In diesem Raum ist eine Bombe.

Habt ihr nicht gehört, was ich gesagt habe?

Ich habe gesagt: „In diesem Raum ist eine Bombe!“

Warum guckt ihr mich so an?

Glaubt ihr mir nicht?

Ihr wisst gar nicht, wie ernst eure Lage ist.

Ihr habt keinen blassen Schimmer, was mit euch passiert.

Dabei sage ich euch doch schon alles, was ihr zu wissen braucht.

„In diesem Raum ist eine Bombe.“

Tick ... Tack.

Denkt ihr, ich treibe Schabernack?

Denkt ihr, das ist Teil einer Performance und wir sind hier auf einem Poetry Slam?

Wir sind schon lange nicht mehr auf einem Poetry Slam, der ist seit 20 Sekunden vorbei.

Wenn ihr mir nicht glaubt, dann schaut mich mal genau an.

Meine Haare sind so dunkel wie eure Zukunft und meine lebensmüden Augen so braun wie eure Vergangenheit.

Mein Bart so üppig wie eure Vorurteile und mein Herz ist ein finsteres Loch.

Ihr erkennt doch sofort: Ich seh nicht so aus wie einer von euch.

Es kann also gut sein, dass ich einer von „denen" bin, und ihr wisst ganz genau, wen ich mit jenen „denen" meine.

Euer größter Alptraum. Einer, der sich vor euch stellt und schreit:

„In diesem Raum ist eine Bombe!"

Hört ihr sie ticken? Tick ... Tack ... Tick ... Tack ... Tick ...

Ich kann laut und deutlich hören, wie unsere Uhr abläuft.

Welch süßer Klang.

Wer hat jetzt schon a bissl Angst? Wem ist schon ein wenig mulmig zumute?

Ich bitte um Handzeichen.

Keine Angst, traut euch zu sagen, dass ihr euch fürchtet.

Ich weiß nicht, ob es euch beruhigt, aber eure Angst ist begründet, denn:

In diesem Raum ist eine Bombe.

Seid ihr zu stolz, um jetzt eure Angst zu zeigen und den Raum zu verlassen?

Euer Stolz kann euch euer Leben kosten.

Wollt ihr wirklich dieses Risiko eingehen, nur um zu erfahren, wie es ausgeht?

Seid ihr wirklich so neugierig?

Eure Neugier kann euch euer Leben kosten, dabei sag ich euch doch alles, was ihr zu wissen braucht, denn:

In diesem Raum ist eine Bombe.

Und wenn ihr jetzt rausgeht, dann habt ihr noch genug Zeit, um hier rauszukommen, bevor sie hochgeht. Versprochen.

Diese Bombe könnte euer bisheriges Leben in eine ganz andere Bahn lenken.

Das tat sie auch bei mir.

Ich wurde geboren am 18.11.1979 in Kabul, Afghanistan.

45 Tage später brach der Krieg aus und wir flohen, weil in unserer Heimat zu viele Bomben explodierten.

Es flog alles in die Luft und wir landeten in Deutschland.

Ihr lagt nicht mal vor Madagaskar und habt euch trotzdem die Pest an Bord geholt, denn wir sind alle schon hier. Die, vor denen ihr euch fürchtet.

Alle zusammen in einem Boot und viele sind nur einen Asylantrag entfernt.

Macht lieber eure Grenzen dicht und jagt die Schwarzen aus Lampedusa, denn sonst werden wir immer mehr.

Türken, Neger, Marroks, Mesut Özil, Araber, Muchels, Iraner, Syrier, Pakis, Ölaugen, Afghanen, Fatih Akın, Schwarzköppe, Indonesen, Schlitzaugen, Michel Abdollahi, Kurden, Tadschiken, Kanaken und wie wir alle heißen.

Alles kleine Mohammed Attas, die für eine Bombenstimmung in Deutschland sorgen, und wenn ihr in unsere Gesichter blickt, spricht es leise säuselnd Bände, voll mit dem ewig selben Mantra:

„In diesem Raum ist eine Bombe ... in diesem Raum ist eine Bombe ... in diesem Raum ist eine ...“

Und? Habt ihr jetzt Angst vor mir?

Keine Angst, die hattet ihr schon vorher und wahrscheinlich denkt ihr jetzt: „Zu Recht!“ – Denn dieser Stereotyp scheint nicht mehr richtig zu ticken.

Aber ihr irrt euch, denn dieser Stereotyp scheint *richtig* zu ticken.

Tick ...Tack ... Tick ... Tack ... Tick ...

Blutrache – klick. Zwangsverheiratung – klick. Bombenanschlag – klick. Hassprediger – klick.

Alle Angaben ohne Gewehr – Peng!

Die Medien sind geladen, wir sind im Suchkreuz und ihr macht euch ein verschwommenes Bild von uns.

Euer Film ist unterbelichtet.

Eure Blenden sind wie Scheuklappen.

Eurem Blick fehlt die Tiefenschärfe und ihr lasst euren Gedanken keine Entwicklungszeit, bis ihr einen Film fahrt, der nicht mehr objektiv ist.

Aber man fotografiert die Welt nicht durch ein Subjektiv.

Man fotografiert die Welt nicht durch ein Subjektiv.

Man fotografiert die Welt nicht ... wovor habt ihr Angst?

Dieser Text ist nur ein Spiegel, den ich auf die Bühne stelle.

Und wenn ich sage: „In diesem Raum ist eine Bombe", dann lüge ich.

Hier ist nicht nur eine.

In diesem Raum sind mehr als tausend Bomben.

Ihr habt sie alle selbst mitgebracht.

Mein Wort ist nur der Funke, das Mic ist nur der Auslöser, das Mikrofonkabel ist nur die Zündschnur, jede Box ist nur ein Treibsatz, jedes Ohr ist nur eine Zündkapsel, aber der Sprengstoff in diesem Raum verbirgt sich nur in euren Köpfen, und wenn jetzt mein Funke übergesprungen ist und ihr versteht, dass die einzige Person, vor der ihr Angst haben solltet, ihr selbst seid ... dann ... und nur dann explodiert die Bombe heute hier.

Und im Idealfall spüre ich die Ausdruckwelle ... genau ... jetzt.

> *„Wenn die Flagge entrollt wird, ist alle Vernunft in der Trompete."*

– Unbekannt –

Supergeil

(Ein Antworttext auf Sebastian 23s Text „Superprall")

Eins. Kabul.
Dort, wo sich die Menschen an Bergen
verzwergen,
da lebten die stolzen Afghanen,
bescheiden und sanft, bis jemand beschloss,
die sollte man dringend verwarnen,
„Minenfeld hin und Mohnfelder her, wir
schicken ein paar unter die Erde!
Und obendrauf stülpen wir Demokratie! –
Damit daraus Disneyland werde."

Und alle so: „Hui",
und keiner so: „Pfui",

denn zuerst hieß es: „Nur ein paar Millionen!
Ihr werdet schon sehen, das wird supergeil –
wir testen hier nur kurz die Drohnen",

doch dann blieben die Panzer, und ein
Afghane merkte, man hat ihn belogen,

da hat er voll Groll sein Gewehr eingepackt
und ist in den Iran gezogen.

Zwei. Teheran.
Der Muezzin schreit aus der Moschee und
verlangt frühmorgens das Beten.
Ein Soldat ohne Bock trinkt heimlich 'nen Tee
hinter Flugabwehrraketen.
„Die haben ja Waffen, wat is da los? – Da
helfen uns ja gar keine Drohnen,
ich habe 'ne Idee! Das wird furios – wir
verhängen ganz viele Sanktionen."

Und alle so: „Hui",
und keiner so: „Pfui",

denn zuerst hieß es: „Nur ein paar Wochen!
Wir machen die fertig, das wird supergeil – ihr
Wille wird sehr bald gebrochen."

Dem Afghanen, der's hörte und dort
enttäuscht stand, war das alles zu viel.
Er packt sein Gewehr, floh nach Deutschland
und beantragte bei uns Asyl.

Drei. Hoyerswerda.
Ganz tief im Osten in irgend'nem Heim, da
saß der Afghane allein,
ihn kommt keiner besuchen, nur manchmal
warf einer 'nen dicken Stein zu ihm rein,

drum schrieb er 'ne Mail an seine Mutter:
„Hier ist's Bombe! Wie isses daheim?",
das las die NSA und kam ihn besuchen und
packte ihn dann einfach mit ein.

Und alle so: „Hui",
und keiner so: „Pfui",

„denn der gehört zur Achse des Bösen!
Ihr werdet schon sehen, das wird supergeil –
wenn wir euch vom Terror erlösen."

Verschnürt und verpackt mit dem Kopp
unterm Sack, ey Alter, was geschieht?!?
Er hörte ständig nur „Fuck" und eine Hymne
– sie klang wie das Ende vom Lied.

[*bitte jetzt „The Star-Spangled Banner"*
ansummen oder anpfeifen]

Vier. Kuba.
Ganz in Orange zwischen Sonne und Palmen
schrie er angekettet: „Oh näy!"
Statt wie in Trance Zigarren zu qualmen – war
er in Guantanamo Bay!
Im Wasser geboarded und beinahe ermordet,
will sich hier keiner dran stören.
Sie schlugen ihn hart und zupften seinen Bart,
denn Schreie kann hier niemand hören,

Und alle so: „Hui",
und keiner so: „Pfui",

und ihm ging es sehr schlecht.
Der kannte das schon, dass ihm keiner hilft:
Die Welt ist nirgends gerecht!

Sie folterten ihn für mehrere Jahre und
merkten, er ist kein Terrorist,
doch durfte er nun trotzdem nicht mehr geh'n,
weil er jetzt vielleicht doch einer ist.

Fünf. Hier.
Das alles ist tragisch und Zeichen des
Hochmuts, mit dem die uns drüben regieren,
doch solange das WLAN hier ruckelfrei läuft,
werden wir darauf nicht reagieren.
Vielleicht posten wir einen zynischen Tweet
oder klicken auf Facebook nicht „Like".
Vielleicht schreiben wir ein böses Gedicht
oder machen mal halbtags 'nen Streik.

Man kann es nicht ändern – besser gar nicht
dran denken, ist es auch nicht legal,
denn zwischen all den Weihnachtsgeschenken
ist uns dies in Wahrheit egal.

Und wo ist der Afghane, der einmal auszog,
um seinen Frieden zu haben?
Er hat ihn bekommen, nur nicht wie er dachte,
er wurd' an Heiligabend begraben.

> *„Manchmal ist eine Fernbeziehung*
> *das Naheliegendste."*
>
> **– Brigitte Fuchs –**

Long Distance Love

Ich liebe dich von weitem und beobachte dich
ganz still,
will keinen Kummer mir bereiten, obwohl ich
zu dir will,
so reiß ich mich entzwei zwischen Verlangen
und Vernunft,
doch ich bleibe stets dabei und verlasse nicht
meinen Sumpf.

Ich lieb dich aus der Ferne und versuche zu
verstehen,
warum hab ich dich so gerne und möchte zu
dir gehen,
man sagt, die Liebe macht erfinderisch – dann
nenn mich Daniel Düsenberg,
doch irgendwas, das hindert mich – ob ich das
Rätsel lösen werd'?

Ich lieb dich auf Distanz, denn so bin ich vor
dir sicher,
denn in deiner Nähe wird die Angst immer
fürchterlicher,

dass du nicht das bist, was du zu sein scheinst,
und nicht das bist, was ich such,
darum mach ich mir auf uns lieber keinen Reim
und find dich einfach weiter gut.

Ich liebe dich auf Abstand, um dich vor mir zu
schützen,
weil ich niemals die Kraft fand, mich selbst zu
unterstützen,
dir von meiner Liebe zu erzählen und mit dir
zu spazieren,
ich will dein Herz dir zwar stehlen, aber ich
will's auch nicht verlieren.

Darum lieb ich dich aus der Fremde und
beschütz dich mit meinem Blick,
und hältst du auch fremde Hände, blick ich
dann nicht weg,
ich freue mich dann für dich und für dein
Lebensglück,
denn lächelst du mal nicht, dann zerreißt es
mich ein Stück.

Ich liebe dich aus Übersee, weil du einfach zu
krass bist,
du bist für mich 'ne Überfee, die beste Frau in
der Galaxis,
ich betracht dich durch mein Teleskop wie
einen hellen Stern,
und es ist seltsam, mir geht's gut, je mehr ich
mich von dir entfern.

Ich lieb dich im Exil und kenne trotzdem keine
                                Grenzen,
jedes Wort von dir sagt viel und wirft mich in
                                Turbulenzen,
ich flog zu hoch, ich kleiner Spatz, und drohte,
                                tief zu fallen,
doch ich merk bei jedem Satz, du bist die
                                Krasseste von allen.

Ich lieb dich virtuell, denn mir bleibt nichts
                                anderes übrig,
du rettest unsere Welt und wirkst dabei noch
                                so gütig,
du trägst Eulen nach Athen und das Geld aus
                                der EU,
auch wenn's nur wenige verstehen, ich sag
                                trotzdem: „I love you".

Wir haben „ne Fernbeziehung, von der du gar
                                nichts weißt,
ich schau dich mir im Fernsehen an, wenn du
                                die Welt bereist,
wenn ich dran denk, werd ich zum Ferkel, weil
                                ich's gerne mit dir triebe,
doch bitte verzeihen Sie mir, Frau Merkel, so ist
                                nun mal die Liebe, Liebe, Liebe.

„Schlimmer als Einsamkeit: ungebetene Gäste."

– Walter Ludin –

Single Party

Immer wenn ich einsam bin, stell ich mich vor einen Spiegel.

Ich lächel mich dann immer an und fühle mich dann ein wenig weniger allein.

Wenn ich eine Party feiern will, stell ich mich zwischen zwei Spiegel und schon sind unendlich viele Leute auf meiner Single-Party. Alles Leute, die so ticken wie ich. Meine Freunde.

Wir lächeln uns alle an und fühlen uns ein wenig weniger alleine auf dieser ach so traurigen Welt. Ich steh dann vor dem Spiegel und zwinker mir zu und siehe da:

Ich zwinker mir zurück. Auch wenn keiner was mit mir zu tun haben will, auf mich ist immer noch Verlass. Ich hebe das Glas und spreche einen Trost auf mich. Erst einen Trost auf mich und dann einen Trost auf die Welt.

Normale Menschen nennen es „Toast", ich habe aber dazu keinen Grund.

Meine Sprache spiegelt meine Traurigkeit.

Ich glaube, ihr habt jetzt gemerkt, dass ich ein wenig Emo bin.

Aber nur, weil ich voll alleine bin. Das ist echt fies und gemein.

Ich bin so alleine, ich hätte gerne Verfolgungswahn.

Wie schön wäre es, wenn mich die CIA beschatten würde.

Ich würde den Agenten bei jeder sich denkbaren Gelegenheit um den Hals fallen und schreien: „Cool, da biste ja wieder! Biste auch so alleine? Lass uns zusammen Depeche Mode hören!"

Das beruht auf einer wahren Begebenheit. Die Agenten habe ich aber nie wieder gesehen.

Ich hab gemerkt, dass es voll die gute Idee ist, selbst Leute zu verfolgen.

Wenn ich jemanden traf, den ich interessant fand, dann verfolgte ich die Person immer. Vielleicht kommt man dann irgendwann ins Gespräch und wird Freunde.

Kann ja sein.

Und wenn das nicht klappt, findet man vielleicht Dinge raus, mit denen man sie erpressen kann.

Ach, ich versteh einfach nicht, warum ich keine Freunde habe. Die Menschen sind mir gegenüber aber auch alle so negativ eingestellt.

Wenn ich irgendwo geklingelt habe und fragte, ob die- oder derjenige heute oder die nächsten Tage ein wenig Zeit mit mir verbringen wolle, wurde ich immer abweisend behandelt. Ich glaub, das ist ein Gesellschaftsproblem.

Die Menschen haben ein Problem mit meiner Gesellschaft.

Ich bin so alleine, ich wäre gerne ein Schizo, nur um Gesellschaft zu haben.

Wenn ich es nicht mehr aushalte, ruf ich einfach bei der Polizeinotrufstelle an. Ich schrei dann als Erstes ganz schnell meine Adresse rein und dann, dass sie ganz schnell jemanden schicken müssten, der mir Gesellschaft leistet und mich rettet, weil ich gerade arg von der Einsamkeit bedroht werde ... dann lege ich immer ganz schnell auf und den letzten Teil nuschel ich immer. Das erhöht nämlich seltsamerweise die Wahrscheinlichkeit, dass wirklich jemand zu mir rübergeschickt wird.

Schließlich ist die Polizei ja mein Freund und Helfer.

Ich höre dabei im Hintergrund immer das Lied „So Lonely" von „The Police", um zwischen mir und der Polizei eine positive Metaebene aufzubauen.

Die Metaebene wurde aber nicht honoriert, ich bekam das letzte Mal nur eine schriftliche Verwarnung und ein Strafgeld aufgebrummt, weil es verboten ist, aus trivialen Gründen die Polizei anzurufen.

Sie hätten wenigstens jemanden schicken können, der mich verwarnt.

Einsamkeit ist ein Matrose auf Crack im Puff der Vergänglichkeit.

Ein Mensch geht bei einer durchschnittlichen Lebenserwartung von 77 Jahren circa eine Million Kilometer in seinem Leben. Er geht also knapp 25-mal um die Erde. Die Menschen machen so viele Schritte in ihrem Leben, aber keiner macht je einen Schritt auf mich zu.

Ich habe deswegen vor einer gewissen Zeit eine Selbsthilfegruppe gegründet.

Sie hieß: „Warum bin ich so allein?"

Es ist aber niemand gekommen, und dann saß ich da im verwaisten Sitzkreis und fragte mich: „Warum bin ich so allein?"

Und da begriff ich, dass ich lernen musste, mir selbst zu helfen, denn schließlich heißt es ja auch „Selbsthilfegruppe".

Also begann ich zu überlegen, wie ich mir helfen könnte.

Vielleicht muss ich einfach meine Einstellung ändern.

Vielleicht muss ich einfach positiver denken.

Vielleicht muss ich es einfach anders nennen.

Ich bin nicht alleine. Ich bin autonom.

Ich bin nicht alleine, ich bin selbstständig.

Ich bin nicht einsam, ich lebe nur zurückgezogen.

Ja! Ich musste mich an meine positiven Erlebnisse erinnern und daran anknüpfen.

Ich versuchte, mich also daran zu erinnern, wann ich das letzte Mal einen positiven Kontakt zu einem anderen Menschen hatte.

Ich wurde letztens bei McDonald's vom Kassierer gegrüßt. Chapeau!

Ich wurde, ich ... ich ... Scheiße! – Mehr fiel mir dann doch nicht ein.

Doch dann erinnerte ich mich an das positivste Ereignis in meinem Leben.

Ich hab mal ein Mädchen im Kindergarten geküsst, als es schlief.

Sie hieß Mareike Bommer. Für mich war die Sache ganz klar, sie war ab dann meine Freundin. Ihre Eltern zogen aber eine Woche später in eine andere Stadt und ich sah sie nie wieder.

Technisch gesehen blieb ich aber immer mit ihr zusammen.

Dass ich nicht mehr mit ihr zusammen war, checkte ich erst, als ich ihre Todesanzeige in der Zeitung las.

Ich ging von Trauer zerfressen auf ihre Beerdigung, und als ich zusammen mit diesen fremden Menschen um das Grab herumstand, fiel ich jedem weinend in die Arme. Zum ersten Mal wurde meine Umarmung aufrichtig erwidert und ich fühlte mich nicht mehr einsam.

Als mich der Vater fragte, woher ich Mareike kannte, sagte ich schluchzend: „Ich kenne sie schon seit dem Kindergarten" und fiel ihm in die Arme, um weitere Fragen zu vermeiden.

Der Vater schob mich aber sanft zur Seite und meinte, er bezweifle, dass ich mit Mareike im Kindergarten gewesen sei, schließlich sei sie 87 Jahre alt geworden, und ich sähe nicht so alt, geschweige denn wie ein unsterblicher Vampir aus.

Ich bemerkte nun meinen Fehler und sagte zögerlich:

„Oh, dann sind Sie gar nicht der Vater und ich bin dann wohl auf die falsche Beerdigung gegangen, aber darf ich Sie trotzdem noch mal umarmen, Herr Bommer?"

Ich erwartete, wie immer abgewiesen zu werden, aber Herr Bommer lächelte und antwortete nur: „Ich war Mareikes Ehemann. Du bist zwar auf der falschen Beerdigung und kannst dich freuen, dass deine Mareike noch lebt, aber deine Tränen sollen nicht umsonst gewesen sein." Und er nahm mich danach fest in den Arm.

In diesem Moment fühlte ich mich nicht alleine.

Dieser Moment war der schönste in meinem Leben.

Bei dem Kaffee danach erzählte ich ihm meine einsame Geschichte und er erzählte mir von seinem Lungenkrebs und dass er mich bald wieder auf eine Beerdigung einladen werde. Diesmal aber offiziell.

Wir unterhielten uns gut und hatten eine schöne Zeit.

Nach einer Stunde nahm er seinen Hut, verabschiedete sich herzlichst und ging mit seiner Familie fort.

Als ich von der Beerdigung wegging, war ich so glücklich wie noch nie in meinem Leben.

Herr Bommer hat sich aber nie mehr bei mir gemeldet und irgendwie wollte ich mich auch nicht bei ihm aufdrängen. Ich entwickelte zum ersten Mal so was wie Empathie in meinem Leben.

Ich war danach auf vielen Beerdigungen, aber als ich den Leuten in die Arme fiel, war es nicht wie bei den Bommers. Auch wenn ich bei Fußballspielen den Fans bei einem Tor in die Arme fiel, war es auch nicht so wie bei Herrn Bommer.

Darum hörte ich damit auf, andere Menschen mit meinem Kuschelbedürfnis zu bedrängen.

Eines Tages, als ich wieder von der Traurigkeit übermannt wurde, bekam ich Post.

Es war eine Einladung zu der Beerdigung von Herrn Bommer.

Ich wurde noch trauriger und kuschelte mich den ganzen Tag an mein Lieblingsstofftier. Es ist ein Zwerg und er heißt Rogi.

Eine Woche später ging ich zur Beerdigung.

Die Zeremonie war würdevoll und feierlich, und ich verdrückte die eine oder andere Träne, als ich an der Reihe war, ein wenig Erde in das Grab von Herrn Bommer zu werfen.

Beim folgenden Kaffeekranz im Pfarrhaus saß ich gedankenversunken und alleine am

Rande der Trauergesellschaft, und niemand schien wirklich von mir Notiz zu nehmen.

Ich seufzte und wollte gerade aufbrechen, als sich plötzlich eine junge Frau vor mich stellte und sagte:

„Entschuldigung, aber Sie haben doch meinen Vater bei der Beerdigung meiner Mutter kennengelernt, oder?"

„Ja, das stimmt", antwortete ich zaghaft.

„Ich heiße übrigens Mareike und ich weiß nicht, warum, aber mein Vater hat sich in seinem Testament gewünscht, dass ich Sie nach der Beerdigung umarmen soll, und wenn Sie nichts dagegen haben, tue ich das jetzt", erläuterte sie und breitete dabei mit einem fragenden Blick die Arme aus.

Ich nickte nur schluchzend und fiel ihr weinend in die Arme.

Manche werden sagen, es wäre vielleicht unangebracht, wenn man auf einer Beerdigung ist und man der Tochter des Toten weinend in den Armen liegt, aber ich konnte mir in diesem Moment trotz der Tränen ein Lächeln nicht verkneifen.

„Ein Ruin kann drei Ursachen haben: Frauen, Wetten oder die Befragung von Fachleuten."

– Georges Pompidou –

Frauenfeind

Normalerweise mache ich ja einen großen Bogen um jede noch so feministische Frau, aber als ich vor Kurzem Sabine kennenlernte, war es etwas anderes. Ihre restlichen Qualitäten überzeugten mich so sehr, dass ich ihren leicht feministischen Touch großzügig in Kauf nahm. Das Problem war jedoch, meine eigene männliche Natur vor ihr zu unterdrücken, denn viele Dinge, die für mich als völlig normal galten, waren für sie hoch sexistisch und so wandelte ich auf einem schmalen Grat zwischen Glück und Katastrophe.

Ich finde Feministen genauso schlimm wie Machos. Ein richtiger Mann braucht kein Macho sein, das ist nur was für Weicheier, und eine richtige Frau putzt halt gerne.

Frauen mögen es, wenn alles blinkt, glänzt und schön an seinem Platz steht, und warum sollte man sie von diesem natürlichen Trieb mit Hilfe manipulativer feministischer Tendenzen abbringen?

Als sie nun eines Abends bei mir war und ich mit zwei Drinks aus der Küche zu ihr zurückkam, beugte sie sich interessiert über einen Stapel Texte, den ich im Wohnzimmer liegen gelassen hatte.

„Hier ist dein Getränk", sagte ich und stellte das Glas vor ihr auf den Tisch.

Statt „Danke" sagte sie nur ernst: „Ich hab gerade deine Texte quergelesen und ich würde gerne wissen, ob es hier auch nur einen Text gibt, der nicht frauenfeindlich ist."

In meinem Kopf pimmelten plötzlich sämtliche Alarmglocken, aber ich versuchte locker zu wirken und sagte: „Frauenfeindlich?!" Ich guckte sie mit gespielter Verwunderung an.

„Also, mich würde es stark wundern, wenn dies auch nur bei einem meiner Texte zutreffen würde", fuhr ich mit voller Überzeugung fort und legte mein frauenfreundlichstes Gesicht auf, indem ich versuchte, eine Mischung aus der Mimik eines Seerobbenbabys und einem Kind mit Down-Syndrom zu imitieren.

„Gut, dann ziehe ich irgendeinen deiner Texte aus dem Stapel, du liest ihn vor und wir werden sehen, ob nicht doch 'ne frauenfeindliche Stelle kommt", schlug Sabine stirnrunzelnd vor.

„Abgemacht", erwiderte ich, zog willkürlich einen Text aus dem Haufen und begann vorzulesen:

„Der Text heißt: ‚Ein ganz normaler Tag‘.

Heute ist wieder einer der ganz normalen Tage in meinem Leben.

Die Sonne strahlt vom Himmel herab und kitzelt meine nackten Füße, die Vögel zwitschern ein Lobeslied auf mich, Bienen summen in emsiger Geschäftigkeit um mich herum, angenehme mediterrane Musik hallt aus dem Wohnzimmer in mein Ohr und ich chille im Garten in meiner Hängematte, während meine Perle um mich herum die Terrasse fegt.

‚Geht das auch ein wenig leiser? Das Scharren des Besens stört meine innere Ausgeglichenheit …‘, sage ich zu ihr, und sie küsst verständnisvoll meine Stirn und fegt daraufhin in sehr langsamen Bewegungen die Terrasse weiter.

‚Oh, dein O-Saft ist leer, soll ich dir einen neuen bringen?‘, fragt sie und ich nicke zustimmend und sage: ‚Ich dachte schon, du würdest nie fragen, Sabine … aber jetzt hopp, hopp …‘“

„WAAAAS?!“, schreit Sabine und reißt mich aus meiner Erzählung.

„Das ist doch nicht dein Ernst, dieses Abklatschbild von willfähriger Frau nach mir zu benennen. Wenn das keine frauenfeindliche Geschichte ist, was dann?“

Ich befand mich in einer heiklen Situation, denn sogar ich begriff, dass dieser Text unter

Umständen als sexistisch durchgehen könnte. Ich hatte beim Verfassen des Textes wirklich an Sabine gedacht, aber ich log und sagte: „Sabine, das mit dem Namen ist nur Zufall und außerdem ist das überhaupt keine Geschichte, sondern ein Tagebucheintrag und hat hier nix zu suchen."

„Wie bitte? Ein Tagebucheintrag? Also ein ganz normaler Tag in deinem Leben mit den ganzen Sabines, die du kennenlernst, oder wie?", empörte sich Sabine und griff instinktiv zu ihrer Jacke.

Jetzt war Holland in Not, ich musste mir was einfallen lassen.

„Nein, nein, Sabine. Das ist nur ein fiktiver Tagebucheintrag aus der Sicht eines richtig asozialen Typen, welcher, wenn ich die Geschichte weitergeschrieben hätte, mit seiner ekelhaften Einstellung noch richtig auf die Fresse gefallen wäre. Komm, gib mir einfach den nächsten Text und du wirst sehen, das ändert sich."

Mit finsterer Miene reichte mir Sabine den nächsten Text. Ich begann vorzulesen:

„Der Text heißt: ‚Gehirnmann ist der schlaueste Mensch der Welt'. Hah, das ist eine ganz normale Superheldengeschichte ohne irgendwelche frauenfeindlichen Ressentiments, du wirst sehen ...", jubelte ich triumphierend, zugegebenermaßen ohne mich genau an den Inhalt der Geschichte erinnern zu können, und fuhr fort:

„Gehirnmann könnte alle Probleme der Welt lösen, so klug ist der Gehirnmann. Er hat einen sehr großen Kopf mit viel Gehirnmasse drin. Gehirnmann kann leider nicht sprechen, denn das ganze Gehirn wird nur zum Denken benutzt. Gehirnmann kann auch nicht laufen und gehen, denn Gehirnmann besteht nur aus einem Kopf. Gehirnmann möchte gern der ganzen Welt helfen, aber Vaginafrau hat ihn leider irgendwo verbuddelt, sodass ihn niemand findet. Vaginafrau möchte nicht zu viel Klugheit auf der Erde. Warum, weiß sie selbst nicht, aber es stört sie. Vaginafrau kann zaubern. Sie kann einfach alles in ihrer Vagina verschwinden lassen. Das ist auch der Ort, wo sie den Suchjungen gefangen hält. Der Einzige, der Gehirnmann finden könnte. Die ganze Menschheit sucht nach Suchjunge, damit er Gehirnmann findet, aber um Suchjunge zu finden, bräuchten sie ihn selbst. Traurige Paradoxie. Vaginafrau ist böse. In dieser Geschichte sind alle Männer gut und alle Frauen böse Gestalten, aber das ist auch das Einzige, was der Realität entspricht. Der Rest der Geschichte ist fiktiv."

An dieser Stelle beschloss ich klugerweise, den Rest nicht weiter vorzulesen, lächelte Sabine gequält an und sagte nur: „Huch! Wer hätte das gedacht? Findest du es nicht originell, dass der Bösewicht mal eine Frau ist? Also gendermäßig korrekt heißt es natürlich ‚die Bösewichtin'. Wie du siehst, haben mich die Ideen der weiblichen Emanzipation erreicht und ich setze sie in einer absolut konsequenten Art und Weise um. Heißt Gleichberechtigung nicht auch, dass eine Frau genauso böse wie ein Mann sein kann?"

Ihre Mimik und ihr böser Blick, der auch Vaginafrau gut gestanden hätte, zeigten leider keinerlei Verständnis für meine fortschrittlichen Überlegungen.

„Gib mir einfach mal 'nen neuen Text, biste so lieb, Sabinschen Pupinschen?", versuchte ich zuckersüß und so zuvorkommend wie nur möglich zu sagen. Sabines Gesicht wurde immer düsterer und glich nahezu einem schwarzen Loch, als sie mir wortlos den nächsten Text reichte.

Der Titel war: „Die Biene, das perfekte Vorbild für den Menschen". Hah, eine Naturgeschichte. Welch ein Glück, das würde mir den Arsch retten. Frauen lieben Tiergeschichten und das Gute an Tiergeschichten ist, dass dort überhaupt keine Frauen vorkommen. Ich begann vorzulesen:

„Die Biene ist das kleinste Haustier des Menschen. Sie ist fleißig, nützlich und gut. Sie ist sogar so nett, dass sie für die Blumen den Sex erledigt, was ja auch kein Wunder ist, denn die Biene ist halt ein krasser Stecher. Die Biene hält ihren Stock immer in einem sauberen Zustand, produziert emsig Honig und kümmert sich den ganzen Tag um ihre Nachkommen. Für all diese Aufgaben sind nur die weiblichen Bienen verantwortlich. Die Männer dienen nur zur Fortpflanzung und die weiblichen Arbeiterinnen kümmern sich somit um den ganzen Rest. Man kann darum sagen: Die Biene lebt in einem perfekt organisierten Staat. Der Mensch kann also viel von den Bienen lernen …"

An dieser Stelle stand Sabine auf und zog ihre Jacke an. „Ich hab genug gehört", sagte sie und guckte mich vorwurfsvoll an. Ich musste jetzt alles auf eine Karte setzen.

„Sabine, bitte geh nicht. Du hast absolut recht. Diese Texte sind allesamt frauenfeindlich und ich bin so froh, dass du mir endlich die Augen geöffnet hast. Ich versuche seit geraumer Zeit, mich zu ändern, und ich hab all diese Texte nur aus dem Grund hier gesammelt, weil ich gemerkt habe, dass irgendwas nicht mit ihnen stimmt, und dank dir weiß ich jetzt, dass es ihre latent verborgene Frauenfeindlichkeit war, die mich immer an ihnen gestört hat. Ich hoffe, du vergibst mir für all meine Dummheiten und meine übereifrige Art, aber was soll ich machen …? – Im Endeffekt bin ich doch auch nur ein kleiner Junge, gefangen in einem viel zu reifen Körper. Lass uns diese Texte jetzt gemeinsam auf der Terrasse verbrennen, so wie es früher Hitler mit all diesen großartigen Büchern tun ließ. Okay?"

Wenn ich eins wusste, dann, dass die Entschuldigung mit dem kleinen Jungen bei jeder Frau zog.

Sabine lächelte und sagte: „Das würdest du für mich tun? All deine Texte so wie Hitler verbrennen lassen? Das ist ja voll süß!"

Ich war ein wenig überrascht, dass Hitler besser ankam als der kleine Junge, aber mir wurden in dem Moment die Gemeinsamkeiten zwischen Nationalsozialismus und Feminismus bewusst – schließlich haben beide ziemlich radikale utopische Ideen. Als wir dem brennenden Zettelhaufen zusahen, war ich froh, dass ich noch einige Sicherheitskopien der Texte auf dem Rechner hatte. Der flackernde Schein des Feuers tanzte in ihren Augen, als sie mich küsste und sagte:

„Ich find es super, dass du dich für mich verändert hast."

Ich guckte ihr fest in die Augen, kreuzte meine Finger und antwortete mit dem Maximum an Emotionalität und Empathie, die bei einem Mann möglich sind:

„Ich find's auch super, aber mir fällt es schwer, meinen Kindern beim Verbrennen zu-

zuschauen. Auch, wenn es missratene Texte sind. Hast du was dagegen, wenn ich solange Fußball schaue, um mich emotional abzulenken?"

„Die Begierde nach einer Frau, die man
besessen hat, ist etwas Grauenvolles und
tausendmal schlimmer als alles andere;
fürchterliche Phantasiebilder verfolgen einen
wie Gewissensbisse.“

– Gustave Flaubert –

Melissa

Auf dem Küchentisch liegt ein Pornomagazin.
Ich begutachte es erst einmal aus der Ferne und
begebe mich dann vorsichtig in dessen Nähe.

Ich hege normalerweise kein Interesse an
Pornomagazinen, denn ein Ästhet meiner Klasse findet keine Erregung bei solch trivialen
Schmuddelblättchen, jedoch gebietet mir eine
in mir innewohnende, nicht zu löschende wissenschaftliche Neugier, das Magazin einer medienwissenschaftlichen Analyse zu unterziehen. Ich nehme es ganz sachte und vorsichtig in
meine Hand (ich meine das Magazin).

Ich spiele daran, ähm, ich blättere darin rum.

Auf den ersten Seiten wird für den neuen
Film von Rudi Rammler, in Fachkreisen auch
„Die Möhre“ genannt, geworben.

Dort steht, Rudi Rammler sei ganz groß im
Kommen. Ich blättere weiter.

Seite für Seite bieten sich nackte Frauen feil, und da es ja sein könnte, dass einer meiner Mitbewohner gerade in diesem Moment in die Küche kommt und meine wissenschaftlichen Motive bei der Konsumierung des Heftchens nicht erkennt und völlig falsch interpretiert, sage ich bei jedem neuen Bild schon mal prophylaktisch „Pfui!" oder „Wie billig!" Dem Simon ist es egal, was die Leute über ihn denken, er lässt ja auch einfach mal so seine Pornos auf dem Küchentisch liegen.

Simon ist einer meiner Mitbewohner und markiert alle Damen, mit denen er sich eine gemeinsame Liaison vorstellen könnte, mit einem Sternchen am Rand. Komischerweise ist jedes Bild mit einem Sternchen markiert.

Simon braucht dringend eine neue Freundin.

Seitdem ihn seine letzte Flamme verlassen hat, kann man kaum noch etwas mit ihm anfangen.

Er ist jetzt schon vier Wochen total fertig, obwohl er sie nur vier Wochen kannte.

Das grundsätzliche Problem bei Simon ist seine destruktive Art. Nachdem Melissa, seine Ex, ihn ohne Begründung abgeschossen hatte, beschloss er, in den Streik zu treten. Da sie partout nicht auf seine Anrufe und Kontaktversuche reagierte, entlud sich ein fragwürdiger Geistesblitz in seinem umwölkten Oberstübchen, der ihn eine wahnwitzige Idee gebären ließ.

So verkündete er mit allem Tamtam beim Abendessen:

„Freunde und Mitbewohner, ich habe beschlossen, da Melissa mich so kaltblütig und ohne Erklärung abserviert hat", bei diesem Satz schluckte er kurz und fuhr fort: „… dass ich mich, solange sie sich nicht bei mir meldet und mir eine Erklärung abgibt, ja, dass ich mich", und jetzt hielt er inne und blickte bedeutungsschwanger in die Runde, jeden Einzelnen seiner vier Mitbewohner anstarrend, die Spannung wuchs ins Unerträgliche …

„Ja, sach schon, wat is mit dir?", zischte Anna dazwischen.

Unbeeindruckt wartete Simon noch ein paar Extra-Sekunden und sagte: „… dass **ich mich**, solange **sie sich** nicht **bei mir** meldet, auch nicht **bei ihr** melden werde."

Er gab dabei ein triumphierendes Kichern von sich, das wie ein sterbendes Huhn klang.

Wir guckten ihn ein wenig enttäuscht an, weil wir doch schon etwas mehr erwartet hatten.

Alex unterbrach Simons noch laufendes Triumphkichern, indem er sagte: „Ach ja, da fällt mir ein, ich hab vorgestern Melissa in der Uni getroffen und ich soll dir was ausrichten …"

„Was denn, was denn?", hakte Simon nach.

Alex kramte einen Zettel aus der Hosentasche.

„Sie hat es mir extra aufgeschrieben, damit du den genauen Wortlaut hören kannst ..." Er räusperte sich und fuhr fort:

„Simon, versuch nicht mehr, mich, oder wie die letzten Tage meine Mutter, meinen Bruder oder meine Tante in Kanada, von der ich selbst nicht wusste, dass es sie gibt, anzurufen, geschweige denn davon auszugehen, dass ich mich bei dir melde.

Ich will dich nie wieder sehen oder irgendwas von dir hören. Du bist ein psychopathischer Loser mit Erektionsproblemen, der heimlich seine eigenen Popel frisst. Dies weiß ich nicht aus eigener Erfahrung, nein, das hat mir Sulaiman im Vertrauen erzählt. In den vier Wochen, in denen ich angeblich mit dir zusammen war, hab ich dich nur zweimal getroffen und du warst beide Male auf LSD und dachtest beim ersten Mal, ich wäre eine afrikanische Springmaus oder ein gotischer Schwipsbogen, der heimlich aus dem Kölner Dom gelaufen ist. Ich habe schon Alex erklärt, dass ich dir nie meine Nummer gab, sondern dass du mir mein Handy aus den Händen gerissen und dich selbst angerufen hast. Wenn du jetzt noch nicht verstanden hast, dass ich dich hasse und du mich in Ruhe lassen sollst, dann gibt es genug psychiatrische Anstalten, in die du dich einliefern lassen, genug Schusswaffen, die du dir an den Kopf halten, und/oder genug rollende Züge, vor die du dich schmeißen darfst. Lass mich in Frieden oder bring dich wegen mir um. Mit verachtungsvollen Grüßen, Melissa."

Alex stoppte nun und wir alle warteten gebannt auf Simons Reaktion.

Simon schüttelte nur ungläubig den Kopf.

„Unglaublich", sagte er, „unglaublich", wiederholte er. „Unglaublich ... so eine emotionale Reaktion hätte ich gar nicht von ihr erwartet. Sie scheint wirklich noch Gefühle für mich zu hegen. Das war ein Zeichen von ihr, sie möchte, dass ich auch ein Zeichen setze, um sie kämpfe und mich für sie aufopfere."

Er schaute uns voller Hoffnung an.

„Nee, nee, du hast da was total falsch verstanden, Simon", erklärte ihm Anna.

„Ja, ich weiß, Anna, ich habe es echt falsch verstanden. Ich dachte, sie wolle nix mehr mit mir zu tun haben, stattdessen wartet sie die ganze Zeit nur auf ein Zeichen von mir. Ich Dummerchen. Höret, was ich verkünde: Ich werde als Beweis meiner Liebe und Treue zu Melissa mir ab diesem Tage nicht mehr die Haare oder die Fingernägel schneiden, geschweige denn den Körper waschen oder die Zähne putzen. Entweder sie kommt zurück oder mein Körper zerfällt. So sei es."

Bevor irgendjemand was sagen konnte, stapfte er davon und schloss hinter sich seine Zimmertüre ab. Wir dachten erst, das wäre ein Spaß, aber in der nächsten Zeit nahm der Gestank zu. Simon verwahrloste zunehmend und wurde in der Mensa und in den Seminaren sogar von den Sozialwissenschaftsstudenten gemieden. Er erlangte nach zwei Monaten eine gewisse fragwürdige Popularität an der Uni, die mich zugegebenermaßen ein wenig neidisch machte, jedoch bekam Melissa davon gar nichts mit, da sie gerade ein Praktikum in einer anderen Stadt absolvierte.

Es war Anna, die die Initiative ergriff.

„Sulaiman, du hast doch schon mal mit Melissa ein Seminar zusammen gehabt?"

„Joa."

„Da, wo du ihr von Simons Erektionsproblemen erzählt hast, oder?"

„Joa."

„Gut, ich hab ein wenig recherchiert, in welche Kurse sie sich für dieses Semester eingetragen hat. Deine Aufgabe ist es, Kontakt zu ihr aufzunehmen und sie dazu zu bringen, dass Simon wieder normal wird, verstanden?", beschwört mich Anna.

„Ja, wieso denn ich?", begann ich.

„Fresse! Du machst das!", schrie mich Anna an.

Ich nickte gehorsam, denn gegen diese Art der Argumentation fiel mir in dem Moment kein Gegenmittel ein.

Im Seminar „Die Unterdrückung der Frau im gesamten menschlichen Zeitalter" versuchte ich, mich in Melissas Nähe zu setzen. Ich kam nicht nah genug ran, um sie anzusprechen, jedoch schnappte ich bei einem Gespräch mit ihrer Sitznachbarin auf, dass sie abends zu einer Lesung in die Unikneipe gehen wolle.

In der Kneipe observierte ich sie über zwei Stunden, bis sie sich alleine an den Tresen setzte. Ich witterte meine Chance und stellte mich, eine Cola bestellend, neben sie. Ich blickte sie kurz an und sprach sie mit dem Satz an, den ich mir vorher zurechtgelegt hatte.

„Hey, du bist doch Melissa, oder? Hab ich dir nicht mal in einem Seminar von Simons Erektionsproblemen erzählt?", begann ich.

„Ja, das bin ich und das hast du. Du warst heute auch in dem Seminar ‚Die Unterdrückung der Frau im gesamten menschlichen Zeitalter'", antwortete sie.

„Das hast du dir gemerkt ... ich bin beeindruckt", erwiderte ich und versuchte, beeindruckt zu gucken.

„Du warst ja auch der einzige Typ in dem Seminar", sagte Melissa.

„Das hast du dir gemerkt, ich bin beeindruckt", sagte ich noch mal todernst und versuchte wieder, beeindruckt zu gucken, doch sie dachte, es wäre ein Gag und lachte. Um nicht aufzufallen, lachte ich einfach mit.

Ich wurde so in ein Gespräch über die Rolle der Frau im gesamten menschlichen Zeitalter verwickelt und kam, bis der Laden schloss, irgendwie nicht dazu, das Gespräch auf Simon zu lenken. Vor ihrer Wohnungstüre musste ich die Chance am Schopfe packen: „Hey, Melissa, ich würde gern mit dir über Simon reden, er hat sich nämlich echt verändert, und wir bräuchten da mal deine Hilfe."

„Ja, klar, können wir machen, aber lass uns oben bei mir darüber reden, dann können wir nebenbei was trinken."

Gesagt, getan, und eh ich mich versah, saß ich mit Melissa in ihrer Küche, während sie mir einen Cocktail mixte.

„Hey, ein Tee reicht aus ... du musst dir keine Umstände machen und mir 'nen Cocktail mixen".

Sie reichte mir wortlos ein braun blubberndes Getränk und befahl mir mit einem eiskalten Blick: „Trink es auf ex".

„Aber wieso denn auf ex?", fragte ich.

Doch sie schrie nur: „Fresse! Mach es!" Ich nickte nur gehorsam, denn gegen diese Art der Argumentation fiel mir leider wieder nichts ein, also trank ich das Getränk in einem Zug.

„Bääh! Das schmeckt ja scheußlich, was ist das?", fragte ich.

Auf einmal hämmerte es in meinem Kopf.

Melissa war plötzlich nackt, hatte mehrere Eimer Körperfarbe um sich versammelt und hielt mir ein Hühnchenkostüm entgegen.

„Hier, das ziehst du an. In dem Getränk war eine Mischung aus LSD und einer afrikanischen Wurzel, die dich verflucht. Ab dem heutigen Tage bist du mir verfallen, und jetzt mal mich an und stell dir vor, ich wäre eine afrikanische Springmaus."

Ich konnte nicht dagegen ankämpfen, denn irgendetwas in mir befahl, alles gut zu finden, was Mel tat. So flog ich gackernd im Hühnchenkostüm und in einem Bodypainting-Anfall durch ihre Wohnung, stets ihren Namen rufend und ihren Befehlen folgend. Ich kann mich nicht mehr daran erinnern, was wir noch taten, und ich schreibe diese Geschichte gerade auf dem Nachhauseweg. Dass mich die Leute wegen meines Kostüms und der Farbe im Gesicht anstarren, ist mir egal.

Ich habe nur noch Melissa im Kopf und ich merke, das Verlangen wird immer stärker und stärker. Sie hat mich verflucht und solange ich es kann, muss ich es auf Papier festhalten, denn bald werde ich nicht mehr in der Lage sein, diese Geschichte weiterzuschreiben ... denn Melissa ist das Einzige, was zählt. Melissa, Melissa, Melissa ...

An dieser Stelle endet Sulaimans Geschichte und ich, sein Mitbewohner Alex, schreibe jetzt diese Zeilen. Sulaiman ist wie Simon nicht mehr ansprechbar und sie haben mit einigen anderen Männern schon eine okkulte Sekte zur Anbetung Melissas gegründet. Simon hat sich immer noch nicht gewaschen und Sulaiman sein Hühnchenkostüm noch nicht ausgezogen. Es werden im-

mer mehr Freaks an der Uni gesehen, teilweise in Hockeyausrüstung, als Indianer verkleidet, einer denkt sogar, er wäre ein Seismograph. Ich denke jedoch, das ist alles nur ein großer Witz, darum habe ich mich mit Melissa verabredet, um ihr von dieser Geschichte zu erzählen. Sie hat mich zu sich auf 'nen Drink eingeladen. Wenn ich wiederkomme, werd ich euch erzählen, wie es ausging … bis später dann, euer Alex.

„Mein Herz ist eine kleine Hure und bringt mich in Verlegenheit, bei jeder sich ergebenden Gelegenheit."

– Theresa Hahl –

Mein Herz, das Ding

Mein Herz ist ein offenes Buch und in meinem Herzklappentext steht eine Beschreibung von dir.

Ich weiß nicht, wer es dort hingeschrieben hat, aber als letztens mein Herz umklappte, konnte ich es mit eigenen Augen lesen.

Und das Mädchen, das dort beschrieben wird, hat eine verblüffende Ähnlichkeit mit dir ... ich würde sogar so weit gehen und sagen, du bist es.

The One. The girl with the magic Blick.

Mein Herz ist ein Flugzeug, denn es ist ständig auf Touren und nur du lässt es steigen.

Du bist meine Tour-Biene.

Ich weiß nicht, warum oder wie du es oben hältst, aber ich habe es mit eigenen Augen gesehen, wie mein Herz aus meiner Brust herauskroch, gen Himmel flog und mit den Vögeln um die Wette kreiste. Und die Vogelschwärme flogen mit meinem Herz zusammen ein Muster in den Himmel und schrieben einen Namen in die Wolken, und dieser Name hatte eine verblüffende Ähnlichkeit mit deinem Namen ... es kann auch ein bisschen daran liegen, dass es dein Name war.

The One. The girl with the magic Blick.

Mein Herz ist ein Wunschkonzert, und du spielst nicht nur die Blasinstrumente.

Du hängst den Himmel voller Geigen und spielst dabei die erste.

Du bist wie Musik in meinen Ohren, und wenn du auf die Pauke haust, dann tanzt alles nach deiner Pfeife.

Ich weiß nicht, wie du es schaffst, aber ich habe mit eigenen Ohren gehört, wie dein Ton die Musik macht, denn keiner kann mit so viel Taktgefühl andere Saiten aufziehen.

Und als ich heute durch die Gassen schlenderte, ich will's jetzt nicht an die große Glocke hängen, aber ja, ich hörte den ganzen Tag Musik in meinen Ohren, und die Melodie hatte eine verblüffende Ähnlichkeit mit deinen zauberhaften Klängen.

Ein Lied über dich und irgendwie auch von dir selbst.

The One. The girl with the magic Blick.

Mein Herz ist ein Zoo, und du machst dort ein riesen Affentheater.

Doch kein Käfig kann dich halten, egal wie gülden er auch ist, denn mir glaubt doch eh kein Schwein, wie ich mit dir die Sau rauslassen kann.

Bevor ich vor die Hunde gehe, lass ich die Katze aus'm Sack und gestehe:

Du sitzt zu Recht auf deinem hohen Ross, denn für mich bist du das beste Pferd im Stall.

Weiß der Geier, warum ich bei dir immer einen Frosch im Hals hab, aber vergiss meinen Katzenjammer, denn nur du weckst den Tiger in mir.

Kein Lebewesen, das auf Erden wandelt, kann sich in Sachen Anmut jemals mit dir messen, denn wenn du dich bewegst, wird jeder deiner Schritte mit einer Fußnote unterlegt, und ich freue mich tierisch, dass nur ich bisher entdeckt habe, dass dort gänsefüßchenklein ein Name steht. Nämlich deiner.

The One. The girl with the magic Blick.

Mein Herz ist ein Blumenfeld, und du bist meine Gärtnerin.

Neben Narzissen und Mimosen zertrittst du all meine Neurosen. Du nimmst kein Blatt vor deinen Erdbeermund und sagst trotzdem alles durch die Blume. Pollenweich und nektarsüß schweben deine blütenreinen Worte pusteblumenartig in der Luft, jedes meiner Blätter wendend, und es wundert mich, dass du dafür bisher noch keinen Blumentopf gewonnen hast. Doch ich beiß in den sauren Apfel und hoffe, ich werde dir kein Dorn im Auge sein, wenn ich süßholzraspelnd rufe: Lass mich auf deinen Busch klopfen!

Denn bei uns bedarf es keiner blauen Veilchen, um auf einen grünen Zweig zu kommen.

Und als ich dann heute mit geschlossenen Augen und ausgebreiteten Armen durch dein Blumenmeer schritt, da roch es nach tausend blühender Blüten, und dieser Duft hatte eine verblüffende Ähnlichkeit mit deinem ganz eigenen Geruch, ich würde sogar so weit gehen und sagen, ich hab nur dich gerochen.

The One. The girl with the magic Blick.

Mein Herz ist ein Meer und du bist der Mond.

Wir drehen zusammen eine Soap.

Sie heißt „Gute Gezeiten und schlechte Gezeiten".

Ich tauch tief ab, um mein Herz zu verstehen, doch ich verlier mich stets im Meer, ohne je einen Grund zu erkennen.

Dann schwimm ich hoch und schnapp nach Luft, lass mich im Wellengang meines Blutes treiben, und immer wenn ich erschöpft bin, bist du meine rettende Insel und ich dein Robinson Crusoe.

Solang du meine Insel bist, soll kein Schiff mich je finden.

Und ich weiß, wie bescheuert es klingt, wenn ich sage:

The One. The girl with the magic Blick.

Ich weiß aber auch, du hättest darüber gelacht.

Mein Herz ist eine Wüste, und du bist der Klimawandel.

Mein Herz ist ein Nomade, und du der Gaul, der mich durch die Steppe schleppt.

Mein Herz ist eine Oper, und du die dicke Oma, die singt: „Mein Herz ist ein Ding".

Mein Herz, das Ding. Mein Herz, das Ding. Mein Herz, das Ding.

Mein Herz, das Ding.

Ich weiß, sie lügen, wenn sie sagen: „Lass sie los, denn sie ist tot".

Denn ich seh dich jeden Tag in allen Dingen immer ein wenig mitschwingen.

Ich hör dich noch. Ich riech dich noch. Ich schmeck dich noch. Ich seh dich immerfort.

Ich weiß, sie haben keine Ahnung, wenn sie sagen: „Lass sie los, denn sie ist tot", aber ich hab dich nie festgehalten. Du bist selbst zurückgekommen.

Ich spür dich jeden Tag mit allen Sinnen in allen Dingen immer noch ein wenig mitschwingen.

Als du gehen musstest, nahmst du von mir ein Stück, aber du ließest noch viel mehr zurück. Tausend Zeichen und das Glück.

Du bist die eine. Das Mädchen mit dem Zauberblick.

Ist Ihnen schon einmal aufgefallen, dass die wichtigsten Dinge unsichtbar sind? Die Schwerkraft und die Seele."

–   –

Die Geschichte eines unsichtbaren Textes

> *„Wenn jemand paranoid ist, bedeutet das nicht, dass er keine Verfolger hat."*

> **– Amos Oz –**

Paras

Als mein Vater zu mir sagte, ich müsste mich wegen meiner Paranoia in eine Behandlung begeben, wusste ich sofort: Es war eine Falle.

Es war aber eine so offensichtliche Falle, dass es klar war, dass ich nur in die Falle tappen würde, wenn ich mich verweigert hätte, zur Behandlung zu gehen.

Dass ich einfach nickte und „Ja" sagte, damit hatten sie aber nicht gerechnet. Ich erkannte es an dem überraschten Gesichtsausdruck meines Vaters.

Da es aber hätte sein können, dass sie davon ausgingen, dass ich damit rechnen würde, dass ich damit rechne, und ihr Plan jetzt dahingehend aufging, mich dorthin zu locken, weil es ja hätte sein können, dass sie es bedacht haben, was ich denke, und weil ... ähm, Scheiße, ich hab den Faden verloren ... egal.

Ich hatte jedenfalls als Absicherung einen Revolver mitgenommen.

Immer wenn ich einen Revolver mitnahm, musste ich mir auch nicht den Kopf über alle

Eventualitäten zerbrechen. Ich hatte dann alles, was ich benötigte, und brauchte dann auch nicht mehr so viel denken, aber das war generell nie so mein Ding. Eigentlich hatte ich den Revolver immer dabei. Plus das Klappmesser in meiner Hosentasche und die kleine 38er, die in meinem Fußhalfter steckte und … na ja, egal … ich will jetzt auch nicht alles verraten, denn man muss ja auch noch das ein oder andere Ass im Ärmel behalten, und ich bin mir nicht sicher, ob ihr nicht vielleicht auch dazugehört.

Man kann ja nie wissen. Es könnte auch sein, dass mein Vater mit denen unter einer Decke steckte oder von denen vielleicht hypnotisiert oder dazu gezwungen wurde, mich zu hintergehen.

Ich war mir nicht mal mehr sicher, ob er wirklich mein Vater war.

Ich wusste ja nicht mal genau, wer die sind.

Ich wusste nur, sie sind da.

Irgendwo. Irgendwie.

Und sie hatten irgendwas vor.

Ich checkte nur nicht genau, was und warum und weshalb ich dabei so eine große Rolle spielte, aber mit mir hatten die sich das falsche Opfer ausgesucht.

Ich bin nämlich ein ganz harter Hund.

Ich wunderte mich zwar schon ein wenig, dass sie sich so eine abwegige Diagnose wie Paranoia ausgesucht hatten, um mich in die Praxis zu locken, aber irgendeinen hinterhältigen Grund wird es schon haben.

Ich musste umso mehr auf der Hut sein.

Und dann saß ich auf dieser Couch dem vermeintlichen Psychologen gegenüber und sollte mich in Sicherheit wiegen.

Ich lächelte ihn falsch an und streichelte dabei ganz behutsam den Lauf des Revolvers in meiner Jackentasche.

Der Revolver war schon immer wie ein Anker, der mir Halt gab auf dieser ach so rauen See namens Leben.

Die Couch war sehr bequem, aber gerade diese Tatsache erschien mir auffällig. Es sollte mir eine gewisse Sicherheit und Geborgenheit suggerieren, damit ihre perfide Gehirnwäsche funktionieren konnte.

Sie ahnten aber leider nicht, dass ich ihren Plan schon längst durchschaut hatte.

„Herr Masomi, darf ich mich vorstellen: Dr. Säbelhorn", begann der Psychologe und reichte mir die Hand. Ich ließ meine Hände in den Taschen und sah ihn teilnahmslos, wenn nicht schon gelangweilt an. Er seufzte kurz, ließ die Hand wieder sinken und fuhr fort: „Es freut mich, dass Sie wiedergekommen sind. Ich weiß, wie schwer es einem Mann in Ihrer Lage fallen muss, sich hierhin zu setzen und mir zu vertrauen."

Masomi: „Was heißt denn hier ,ein Mann in meiner Lage'?"

Säbelhorn: „Na ja, Ihr Vater hat mir gesagt, Sie leiden unter paranoiden Zwangsvorstellungen ..."

Masomi: „Und Sie glauben seiner Diagnose sofort, ohne mich wirklich untersucht zu haben. Das ist sehr verdächtig. Kann es sein, dass Sie überhaupt kein richtiger Psychologe sind und mir was vormachen wollen?"

Säbelhorn: „Warum sollte ich das tun?"

Masomi: „Sie stecken also nicht mit denen unter einer Decke, aber trotzdem glauben Sie sofort, ich wäre paranoid. Es ist seit längerer Zeit einer Ihrer perfidesten Tricks, die Leute in meiner Umgebung genau dies von mir denken zu lassen ..."

Säbelhorn: „Vielleicht sollten wir uns erst einmal richtig kennenlernen. Ich bin der Leiter dieses Instituts ..."

Masomi: „Ich weiß, wer Sie sind ... schließlich verfolgen Sie mich schon seit geraumer Zeit ..."

Säbelhorn: „Ich verfolge Sie ...?"

Masomi: „Wieso verfolgen Sie mich?"

Säbelhorn: „Ich verfolge Sie doch gar nicht."

Masomi: „Letzte Woche saß ich dort unten im Wagen und jetzt sagen Sie nicht, es wäre ein Zufall gewesen, dass ich plötzlich in Ihrer Nähe war."

Säbelhorn: „Nein, natürlich war es kein Zufall. Ihr Vater hat bei mir einen Termin für Sie ausgemacht. Wenn, dann verfolgen Sie mich. Ich arbeite hier."

Masomi: „Ja, ja. Nur weil Sie hier arbeiten, heißt dass noch lange nicht, dass Sie mich nicht auch verfolgt haben. Sie brauchen jetzt nicht einen auf Kachelmann machen und Opfer und Täter vertauschen.

Bei Alice Schwarzers unrasierter Muschi. Ich erkenne ein Tiefdruckgebiet, wenn es sich an mich heranschleicht."

Säbelhorn: „Kachelmann? Tiefdruckgebiet? Ich weiß nicht, was Sie meinen. Wie wäre es, wenn wir uns einfach wieder beruhigen und von vorne anfangen?"

Der Psychologe hielt mir seine Hand entgegen. Der entlockte mir nicht einmal ein müdes Lächeln.

Säbelhorn: „Also. Nochmal von vorne. Ich bin der Herr Säbelhorn."

Masomi: „Ich weiß genau, worauf Sie hinauswollen ..."

Säbelhorn: „Ich will auf gar nichts hinaus ...", erwiderte er empört.

Masomi: „Hah. Sie wollen also auf gar nix hinaus und Sie wollen mich behandeln? Was sind Sie denn für ein Psychologe? Haben Sie einen Psychologiekurs an der Volkshochschule belegt oder liegt es einfach daran, dass Sie vielleicht überhaupt kein Psychologe sind ... hmh, hmh, hmmmmh?

Na, dann zeigen Sie mal, was Sie drauf haben. Machen Sie was mit meinem Kopf. Versuchen Sie doch, mich davon zu überzeugen, dass hier niemand hinter mir her und die ganze Welt nur ein großes Missverständnis ist, bei dem ich nur kurzzeitig den Überblick verloren habe ... Sie müssen mich doch geistig beherrschen können, wenn Sie ein Psychologe sind. Dann zeigen Sie mal, was Sie drauf haben!"

Säbelhorn: „Ich versuche, mich doch erst einmal nur vorzustellen, Herr Masomi. Wir sollten uns jetzt einfach beruhigen ..."

Masomi: „Ich bin doch ganz ruhig ... och, soooo ruhig haben Sie mich noch nie gesehen."

Säbelhorn: „Nun gut. Ich denke, es wäre am besten, Sie erzählen mir einfach ein wenig über sich und wie Sie aufgewachsen sind. Vor allem würden mich traumatische Ereignisse im Lebensalter zwischen sechs und zwölf Jahren interess..."

Masomi: „Zwischen sechs und zwölf war ich *The Evil Kid aka Adolf Kidler* und habe Häuser in die Luft gejagt. Wir wäre es, wenn du einfach mal deine Fresse hältst und mir sagst, was ihr von mir wollt ..."

Mit der Waffe hatte er nicht gerechnet.
Ich legte sie einfach vor uns auf den Tisch.
Er guckte mich erschrocken an.

Masomi: „Lassen Sie sich nicht von dem Revolver stören. Ich lege ihn einfach vor uns hin. Wir sind beide ungefähr gleich weit entfernt. Wenn Sie meinen, Sie sind schneller, dann können sie es ja versuchen. Es soll keiner sagen, dass ich nicht fair gewesen bin.

Und jetzt sagen Sie mir noch mal ganz langsam und deutlich, wer Ihre Hintermänner sind und was Sie von mir wollen ...?"

Herr Säbelhorn wurde schlagartig bleich im Gesicht.

Säbelhorn: „Unter ... unter ... diesen Umständen möchte ich gerne die Sitzung für heute beenden ...", stotterte er.

Masomi: „Was hier wie beendet wird, entscheide ich. Schließlich hat mein Vater für die Stunde bezahlt ... und jetzt komm schon! – Du Karl Dall der Tiefenpsychologie, leg die Karten auf den Tisch!"

Ich lehnte mich zurück und klappte mein Klappmesser auf.
Schweißperlen strömten sein Gesicht herunter, während ich mir in aller Seelenruhe mit dem Messer den Dreck unter den Fingernägeln hervor schabte.

Säbelhorn: „Ich ... ich ... kann so nicht arbeiten ... Herr Masomi. Sie ... Sie ... müssen entschuldigen ... aber ich kann Ihnen nicht helfen, und ich empfinde diese Situation als sehr unangenehm. Ich werde von Ihnen bedroht."

Masomi: „Sie werden von denen auch bedroht?"

Säbelhorn: „Ähm ... von denen? Ja, genau! Bitte lassen Sie mich gehen."

Masomi: „Sie sind ein freier Mensch. Sie können jederzeit gehen. Aber es ist Ihr Büro, und von daher würde ich vorschlagen, dass es logischer wäre, wenn ich gehe."

Ich stand auf, nahm meinen Revolver und streckte ihm meine Hand entgegen.

Masomi: „Herr Säbelhorn, vielen Dank für diese Sitzung, und wenn Sie Hilfe brauchen wegen denen, dann sagen Sie mir Bescheid ... aber vergessen Sie nie, ich traue Ihnen immer noch nicht."

Ich schüttelte seine verschwitzte Hand und verließ das Büro.

Dieses Gebäude war sehr groß und ich verlief mich auf dem Weg nach draußen in den zahllosen Gängen. Hier und dort hörte man Schreie und sah komische Gestalten an einem vorbeihuschen.

Plötzlich stand ein Junge mit einer Baseballcap vor mir.

Junge: „Sind Sie mein Arzt?", fragte er.

Masomi: „Nein. Ich bin hier nur zu Besuch."

Junge: „Sie sagen, ich brauche einen Arzt."

Masomi: „Wer sagt das?"

Junge: „Na, die. Wissen Sie nicht, wen ich meine?"

Masomi: „Doch, ich weiß genau, wen du meinst. Sie sagen immer, man bräuchte einen Arzt. Wie heißt du, Junge?"

Junge: „Ich weiß es nicht mehr."

Masomi: „Gehirnwäsche. Ich erkenne es sofort. Was haben diese Wichser nur mit dir gemacht?"

Junge: „Ich weiß es nicht mehr. Ich erinnere mich an gar nichts."

Der Junge trug einen Arztkittel und aus seiner Brusttasche hing ein Zettel zur Hälfte heraus. Auf dem Teil, den ich entziffern konnte, stand: „Proband X27. Selbsthilfegruppe gegen die Vergesslichkeit".

Darunter: „200 g Valium ... 5 Einheiten LSD ...“ Weiter konnte ich nicht lesen, denn in dem Moment waren zwei Aufseher am Ende des Ganges zu sehen.

„Da ist er!“, schrien sie und kamen schnellen Schrittes auf uns zu.

Masomi: „Ich muss jetzt gehen, Junge. Hier, nimm den Revolver. Ich weiß nicht, ob das irgendwie bei dir da oben ankommt, was ich jetzt sage, aber dieser Revolver kann dich schützen. Solltest du irgendwann merken, dass irgendjemand dich verarschen will, hier, dann kannst du ihm ein Loch in den Kopf ballern. Chuck-Norris-Style. Verstanden?“

Der Junge nickte mit seiner Baseballcap, und ich drückte ihm den Revolver in die Hand und ging weg. Als ich draußen vor dem Gebäude stand, zündete ich mir eine Zigarette an und bemerkte im Augenwinkel, wie mich Herr Säbelhorn mit einem Hörer in der Hand von seinem Fenster aus beobachtete.

Er ruft sie an, um Bericht zu erstatten. Ich wusste es sofort, als ich sein Büro verließ. Ein Regentropfen traf mich an der Stirn, aber ich hatte vorgesorgt, denn ich ahnte seit langem, dass ein Sturm aufzog.

Ich ließ meinen Regenschirm aufschnappen, zog kräftig an der Kippe, wunderte mich kurz, dass ich gerade mit dem Rauchen angefangen hatte, klappte den Kragen meines Trenchcoats hoch, warf noch einen letzten Blick zu Herrn Säbelhorn am Fenster und ging dann ruhigen Schrittes in Richtung der dunklen Wolken ...

Säbelhorn: „Hallo. Es ist leider nicht sehr gut gelaufen, Chef.

Er hat sofort bemerkt, dass ich kein richtiger Psychologe bin.

Ich glaube, er weiß zwar nicht genau, wer wir sind, aber er weiß, dass wir ihn verfolgen. Ich würde vorschlagen, wir gehen über zu Phase 2.

Wir lassen ihn uns vergessen ... hahahahaha-hahahahaha."

*„Ein Kopf ohne Gedächtnis ist eine Festung
ohne Besatzung."*

– Napoleon Bonaparte –

Ich – der vergesslichste Typ, an den ich mich erinnern kann

Da sitze ich nun in gemütlicher Runde in der Selbsthilfegruppe gegen die Vergesslichkeit.

Warum ich eigentlich hier bin, weiß ich nicht mehr so genau.

Ich kann mich jedenfalls nicht daran erinnern, dass ich mich hier angemeldet habe, geschweige denn Probleme mit meinem Gedächtnis hätte.

Der Typ, der mich hierhin gefahren hat, war ganz lustig, denn er machte so Späße wie: Er würde mich jede Woche hierhin fahren und dass er mein Vater sei.

Ich lachte über seinen Witz, doch er spielte seine Rolle so gut, dass er die ganze Fahrt über todtraurig guckte, nachdem ich ihn ausgelacht hatte.

Wir sind insgesamt zwölf an der Zahl und alle ein wenig aufgeregt, da es die erste Sitzung ist. Ein älterer Herr mit Brille beginnt uns anzusprechen:

„Willkommen zur achten Sitzung der Selbsthilfegruppe gegen die Vergesslichkeit. Vorweg die Frage: Weiß jemand von euch noch meinen Namen?"

11 fragende Augenpaare schauen den älteren Herren an.

„Wie sollen wir denn wissen, wie Sie heißen? Dies ist doch gerade die erste Sitzung und Sie haben sich noch gar nicht vorgestellt!", schreie ich hinein.

„Nein, das ist die achte Sitzung, aber ich will euch meinen Namen nochmals nennen. Ich bin der Herr Degenkolben. Haben Sie denn irgendwelche Fortschritte gemacht, Herr Masomi?" ... Der ältere Herr guckt mich bei der Frage an.

Ich schaue auf meinem Personalausweis nach und merke, dass „Sulaiman Masomi" stimmt und er mich meint. Irgendwie hat er meinen Namen rausgekriegt ... der Typ wird mir langsam suspekt.

Ich frage ihn, ob er sich vielleicht nicht erst mal vorstellen wolle, bevor wir zu solch pikanten Fragen übergingen, doch der ältere Herr lügt mich dreist an und meint, dies hätte er gerade schon getan.

„Das hätte ich ja wohl mitbekommen!", sage ich, aber da ich keine Lust habe, mich mit ihm zu streiten, antworte ich: „Ja, ich habe große Fortschritte gemacht, denn ich kann mich nicht entsinnen, wann ich das letzte Mal Alkohol angerührt hätte."

Auf einmal meldet sich ein älterer Herr zu Wort und erklärt, dies wäre keine Selbsthilfegruppe für Alkoholiker, sondern für vergessliche Menschen.

Doch ich schneide ihm das Wort wieder ab und fordere die Seminarleiterin auf, wieder fortzufahren. Die Seminarleiterin guckt mich erst erstaunt an, nickt mir verständnisvoll zu und ermahnt einen älteren Herren, still zu sein, welcher mit den Armen fuchtelt und: „Stopp, stopp!", ruft.

Ein Junge mit einer Baseballcap ruft hinein: „Ich kann mich wegen dem Alkohol an die letzten fünf Jahre nicht erinnern und da wollen sie mir erzählen, ich wäre hier nicht bei den Anonymen Alkoholikern?"

Die Seminarleiterin gibt ihm Recht und beginnt davon zu erzählen, wie glücklich sie hier sei, als auf einmal aus heiterem Himmel ein älterer Herr dazwischenredet und rumzetert, dass wir uns beruhigen sollen.

Ich entgegne ihm, dass er der Einzige sei, der hier in die Luft gehe, und dass er sich unnötig aufspiele, da er gerade erst dazugekommen sei und gar nicht wisse, worüber wir reden.

Außerdem sage ich, fände ich's sowieso ein wenig seltsam, wie das Bewerbungsgespräch in dieser Firma ablaufe, und ich mir nicht sicher sei, ob dieser Job was für mich ist, da ich gar nicht mal weiß, worum es dabei überhaupt geht.

Auf einmal stimmen mir alle zu und sagen, sie hätten gar nicht gewusst, dass dies ein Bewerbungsgespräch sei und dass sich die Stimmung eher wie bei einer Selbsthilfegruppe anfühle.

Ein älterer Herr, den ich zuvor noch nie gesehen hab, steht plötzlich auf und versucht, sich krampfhaft in den Vordergrund zu drängen. Er rudert mit den Armen wild umher und meint, es würde gerade was gewaltig schieflaufen.

Was er damit meint, begreift keiner.

Auf einmal knallt es laut und ein älterer Herr, der plötzlich in unserer Mitte steht, fasst sich an die blutende Brust und fällt zu Boden.

„Weiß jemand, wem das hier gehört?", fragt uns ein Junge mit einer Baseballcap und zeigt auf eine rauchende Pistole in seiner Hand.

Wir schütteln alle den Kopf. Er geht wieder zu seinem Platz und wir sitzen alle eine Weile still rum.

Irgendwann entdecke ich einen älteren Herren, der in unserer Mitte liegt ... anscheinend hatte ihn jemand erschossen! Ich bekomme es mit der Angst zu tun: „Wie bin ich bloß in diese Sekte hineingeraten?"

Ich versuche krampfhaft, nicht aufzufallen und starre den Boden an.

Nach einer Weile blicke ich hoch ... da sind zehn weitere Menschen, die mit mir im Kreis sitzen und in der Mitte liegt ein toter älterer Herr.

Anscheinend hat ihn irgendjemand erschossen! Ich erschrecke, ich bin wohl irgendwie in eine Sekte hineingeraten! Ich starre auf den Boden.

Ein Mädchen neben mir nimmt meine Hand, in ihren Haaren steckt ein Vergissmeinnicht. Sie flüstert mir ins Ohr: „Habe ich dir nicht letzte Woche einen geblasen?"

Sie sieht sehr gut aus und ich sage: „Jo!"

Wow, diese Sekte scheint doch gar nicht so übel zu sein. Ich küsse sie und wir verlassen verliebt und händchenhaltend den Raum.

Auf einmal steh ich irgendwo auf einem Gehweg vor einem Gebäude und halte Händchen mit einem hübschen Mädchen.

Ein Typ spricht mich an: „Hey Sulaiman, du bist ja pünktlich wieder da.

Ist sie deine Freundin?", fragt er und zeigt auf ein hübsches Mädchen, mit dem ich seltsamerweise Händchen halte.

Ich antworte: „Jo! Glaub schon ... darf ich sie dir vorstellen ... ähm, wie heißt du noch mal?"

Sie holt ihren Personalausweis raus, guckt nach und sagt: „Marie."

Ich fahre fort: „Alles klar, also, darf ich dir vorstellen, meine Freundin Marie, und Marie, darf ich dir vorstellen ..." Ich stocke wieder und schaue den Mann gegenüber an, ich zögere noch kurz und auf einmal sage ich: „Marie, darf ich dir vorstellen, mein Vater."

Mein Vater schaut mich erstaunt an, umarmt mich lachend, wir steigen alle drei gemeinsam in den Wagen, fahren fort und so beginnt die schönste Zeit meines Lebens ... zumindest die Zeit, an die ich mich erinnern kann.

„Wer zuletzt lacht, lacht am besten ...“

– Deutsches Sprichwort –

Baron Lefuet

Ich habe vergessen, wie man lacht.

Es passierte vom einen auf den anderen Moment und ich weiß ganz genau, wer es mir gestohlen hat. Baron Lefuet.

Ich kann mich an jedes Detail erinnern. Jedes Detail dieses schicksalhaften Tages.

Ich befand mich mit ein paar Freunden in einem Café.

Es war ein sommerlicher Sonntag und wir saßen unter großen Sonnenschirmen bewaffnet mit Eis und lachten die um uns liegende Welt an.

Wir scherzten über dieses und jenes, wir waren gut drauf und jeder hatte einen guten Spruch auf Lager.

Es war einer der ersten warmen Sommertage und plötzlich bestand die Welt nur noch aus Sonnenbädern und Schattenplätzchen. Aus glühender Grillkohle und kühlender Eisbowle. Aus leicht bekleideten Mädchen und hinterherpfeifenden Jungs. Es war alles da, was wir brauchten, um glücklich zu sein.

Mir wurde mein Lachen an einem schönen Tage genommen.

Ich wusste nicht, dass es den Baron wirklich gibt.

Ich dachte, er wäre nur eine literarische Figur.

Ich wusste nicht, dass ich der wahre Timm Thaler bin.

Der Baron setzte sich an den Tisch neben uns und fiel mir direkt auf.

Er hatte pechschwarze Haare, trug einen altmodischen dunklen Anzug und dazu ein glänzendes bordeauxrotes Seidenhemd.

Ein dünner, kleiner Zwirbelbart, eine schwarze Krawatte, weiße Handschuhe und ein schwarzer Mandai auf dem Kopf rundeten das Erscheinungsbild auf eine unnatürliche Art und Weise stimmig ab.

Nachdem wir dort zwei Stunden saßen, riss ich einen besonders guten Witz und krümmte mich mit meinen Freunden vor Lachen, als mich plötzlich der Baron ansprach: „Ich würde gerne so lachen können wie du. Willst du mir dein Lachen nicht schenken?"

Als er das sagte, fingen wir alle an zu lachen, so seltsam war die Situation mit diesem altmodisch gekleideten Typen. Nur der Baron lachte nicht mit. Grinsend antwortete ich: „Mein Lachen gibt es aber nicht umsonst. Ich will eine Million Euro!"

Wieder lachten wir, aber der Baron nickte stumm und zauberte aus der Innentasche seines Anzugs ein Scheckheft und einen edlen Füller. Wir guckten ihm alle erstaunt zu, wie er herumkritzelte und mir dann einen Scheck beziffert mit einer Million Euro, entgegenhielt. In geschwungenen, eleganten Buchstaben stand gut leserlich seine Unterschrift: Baron Lefuet.

Es herrschte plötzlich Stille, nur einer neben mir versuchte vergeblich, seine Lacher zu unterdrücken.

Es war so ein Lachen, welches plötzlich abstirbt und zum Entsetzen wird.

Wie, wenn jemand stolpert und zu Boden fällt und alle erst aus Schadenfreude lachen, aber dann plötzlich merken, dass diese Person mit dem Gesicht in eine zerbrochene Flasche gefallen ist.

Keiner sagte mehr was. Er hielt mir den Schein für eine Weile entgegen und ich schaute ihm interessiert zu, bis er sagte: „Was ist? Willst du das Geld nicht? Oder möchtest du was anderes?"

Ich guckte auf meinen leeren Eisbecher und antwortete:

„Na ja, im Moment würde mir schon noch ein Erdbeereis reichen ...", und die plötzliche Spannung löste sich wieder in allgemeine Heiterkeit auf.

„Kein Problem", sagte der Baron und ging zur nächsten Kellnerin.

Sie machte es ihm fertig, er bezahlte und er kam wieder zu uns zurück.

„Hier ist dein Eis. Dieses Eis gegen dein Lachen. Abgemacht?", fragte der Baron und hielt mir seine rechte Hand entgegen. Irgendetwas in mir sträubte sich, darauf einzugehen, und ich wünschte, ich hätte darauf gehört, aber die gesamte Szenerie war so komisch und glich so sehr einem absurden Theaterstück, dass ich nicht der Spielverderber sein wollte, der keinen Spaß mitmacht.

Also schüttelte ich seine Hand und sagte grinsend: „Abgemacht."

Er gab mir mit der anderen Hand das Eis und schaute mich lächelnd an.

Für einen kurzen Moment war ich perplex, denn es war das erste Mal, dass ich ihn lächeln sah.

„Willst du dein Eis nicht probieren?", fragte er, mir zunickend.

„Klar", sagte ich und versuchte ruhig zu bleiben, aber merkwürdigerweise hatte ich plötzlich Angst, er hätte mein Eis vergiftet. Ich wusste nicht, wieso ich dies dachte, deshalb verwarf ich diesen seltsamen Gedanken rasch wieder und wollte mir nicht durch Hirngespinste den Tag vermiesen lassen. Also griff ich nach meinem Löffel und schob mir ein großes Stück Erdbeereis beherzt in den Mund. Es schmeckte köstlich. Sofort aß ich noch einen Löffel und noch einen und noch einen, bis ich das gesamte

Eis innerhalb eine Minute verzehrt hatte und mein komplettes Gesicht eisverschmiert war.

Meine Freunde lachten erstaunt und plötzlich lachte der Baron.

Auf einen Schlag verstummten alle und hörten dem laut lachenden Baron zu, der dabei beinahe hysterisch den Kopf zurückwarf und dessen Körper von wilden Lachanfällen durchzuckt wurde. Ich habe ein ziemlich charakteristisches Lachen und kenne nur wenige Menschen, die annähernd in diesem seltsamen Tonfall lachen können, aber der Baron war in dem Moment eine perfekte Kopie von mir. Es war nicht nur die Intonation und der Tonfall, es war sogar meine Stimme, die der Baron plötzlich hatte.

Er tänzelte mit seinem Gehstock umher und verschwand laut lachend um die Ecke.

Alle waren total verdutzt und fingen wieder an zu lachen.

„Alter, der Typ is 'n krasser Schauspieler. Er saß die ganze Zeit neben uns und hat dein Lachen studiert, um dich voll zu verarschen", sagte einer laut lachend und alle anderen stimmten mit ein.

Sie lachten und lachten.

Nur ich lachte nicht. Ich konnte nicht lachen, weil ich nicht mehr lachen konnte.

Ich begriff schlagartig, dass es kein Witz gewesen war.

Plötzlich wurde ihnen meine düstere Stimmung unheimlich.

„Was ist los, haste dein Lachen jetzt wirklich verloren?", fragte einer grinsend.

Ich guckte ihn nur entsetzt an, nickte und lief dem Baron hinterher.

Aber ich fand ihn nicht und hab ihn auch nie mehr wiedergesehen.

Ab dann führte ich ein düsteres Leben ohne Sinn.

Jahrelang war ich auf der Suche nach Baron Lefuet.

Bis ich es irgendwann aufgab und so wurde wie er.

Ich irrte durch die Straßen auf der wahnwitzigen Suche nach meinem Lachen, und nach Jahren der verzweifelten Suche war mir jedes Mittel recht, um wieder lachen zu können.

Und dann, eines Tages, hatte ich plötzlich eine Eingebung und ich wusste, wie ich wieder lachen könnte.

Ich stand vor einem Supermarkt und wartete auf den Bus. Ein Junge kam mit seiner Mutter aus dem Laden heraus und der Junge blieb vor dem elektronischen Feuerwehrwagen stehen.

„Mama, Mama, ich will in den Feuerwehrwagen. Darf ich?"

Die Mutter blieb stehen und schaute ihren Sohn genervt an.

„Och, Timm, ich hab kein Kleingeld mehr, wir machen das ein anderes Mal. Versprochen."

Timm zerrte enttäuscht an ihrem Ärmel rum und bettelte weiter: „Bitte, Mama. Nur einmal. Bitte."

Auf einmal hörte ich mich sagen: „Hey, kein Problem, ich habe Kleingeld. Ich geb's dem Jungen aus." Ich versuchte, die beiden anzulächeln, aber es gelang mir nicht, stattdessen kramte ich schnell ein 50-Cent-Stück aus meiner Hosentasche und hielt es dem Jungen entgegen.

Der Junge lächelte, guckte seine Mama erwartungsvoll an und fragte: „Mama, darf ich jetzt?"

Die Mutter guckte mich und dann ihren Sohn gequält lächelnd an, rollte mit den Augen und sagte genervt: „Na gut, Timm. Du kannst dich bei diesem netten Herren bedanken. Aber mach schnell, der Bus kommt gleich."

Der Junge jubelte lachend und streckte seine Hand nach meinem Geld aus, doch ich zog die Hand nochmal zurück und sagte: „Du hast ein sehr schönes Lachen. Ich gebe dir die 50 Cent, wenn du es mir verkaufst. Abgemacht?"

Die Mutter guckte irritiert, aber der Junge nickte sofort, schüttelte euphorisch lachend meine Hand und sagte: „Abgemacht."

Ich gab ihm die 50 Cent und lächelte ihm nach, als er zum Feuerwehrwagen lief.

In dem Moment kam mein Bus und ich stieg ein.

Die Mutter ging mit gerunzelter Stirn zu ihrem Kind und als mein Bus wegfuhr, sah ich,
wie Timm im schaukelnden Feuerwehrwagen
saß und meinem Bus mit absolut ernstem Gesicht hinterherschaute.

Dann fing ich an zu lachen und alle drehten
sich zu mir um und blickten mich verwundert
an, denn meine Stimme hatte den Klang eines
Kindes.

*„Erst wenn der letzte Baum gerodet, der letzte
Fluss vergiftet, der letzte Fisch ... bla, bla, bla ...“*
**– Weissagung der Cree –
– verkürzt –
– manchmal muss man gewisse Dinge auch
einfach mal abbrechen –**

Oh Mensch, oh Mensch!

Oh Mensch, oh Mensch!

Du hast den Himmel verbogen, du hast meinen
Pimmel betrogen.

Du hast die Sonne verdunkelt und mein Geheimnis vermunkelt.

Du lässt die Flüsse vertrocknen, du riechst wie
Füße in Socken.

Du hast die Sterne gesprengt und hast nie Wärme geschenkt.

Du baust Atomkraftwerke, denn nur Strom
schafft Werte.

Du willst das schnelle Geld, was diese Welt entstellt.

Du lässt die Wälder verschwinden, um noch mehr Gelder zu finden.

Du hast den Regen versäuert und dann mein Leben versteuert.

Du hast die Meere geschwefelt und meine Ehre verfrevelt.

Du hast die Berge zertrümmert und danach Särge gezimmert.

Du hast die Blumen zertreten und bist ein blutendes Wesen.

Du hast die Äpfel gegessen und die Hälfte vergessen.

Du lässt die Vögel verstummen und mich im Nebel verschlungen.

Du wurdest durch Liebe erschaffen und liebst Kriege und Waffen.

Du hast ... du hast ... du ... ach Mensch, fick dich doch einfach.

*„Das Greisenalter, das alle zu erreichen
wünschen, klagen alle an, wenn sie es
erreicht haben."*

– Cicero –

Trauerweide

der dürren äste karger stamm, vom wind
geraubtes blattwerk

deine rinde aufgesprungen klamm, verzehrst
dich, damit ich satt werd'

verwurzelt greifst du in den harten boden, die
fingerkuppen wundgegraben

du suchst das leben, berührst die toten, die zu
deinen füßen starben

vergilbte krone, verdorrte blüten, denk' an die
vergessenen knospen

denn ich, dein sohne, werde hüten all deine
früchte, die wir kosten

erinner' dich an deine jungen tage, dein stamm
strotzte vor kraft

die sonne steigt für dich ein letztes male und
du sinkst in die nacht.

„Das Kriegsbeil ist erst begraben, wenn man nicht mehr weiß, wo es liegt."

– Indianische Weisheit –

Verlorene Freude

Es begann alles damit, dass ich den Indianer traf.

Ich joggte im Paderborner Wald, als ich versehentlich über eine gelbe Wurzel stolperte, mit dem Kopf auf einen faustgroßen Stein aufschlug und das Bewusstsein verlor. Ich wachte in einem Wigwam auf.

Es roch nach komischem Zeug, in der Mitte brannte ein kleines Feuer und dahinter saß, im Schneidersitz und nur mit einem Lendenschurz bekleidet, ein Indianer.

„Danke. Du hast mein Leben gerettet", waren meine ersten Worte.

Der Indianer nickte nur.

„Wo bin ich hier?", fragte ich schüchtern.

„Du bist im Paderborner Wald", antwortete er in astreinem Deutsch.

„Ach so. Ich bin der Sulaiman, wie heißt du?"

„Ich heiße ‚Verlorene Freude'."

„Warum heißt du denn ‚Verlorene Freude'?"

Der Indianer blickte mir fest in die Augen und lüftete seinen Lendenschurz: Dort war nur noch eine Narbe zu sehen.

„Wow, du hast ja gar keinen Penis", sagte ich beeindruckt und mir wurde schlagartig die tiefgehende Metaphorik des Namens „Verlorene Freude" klar.

„Als du verletzt warst, hab ich deinen Penis abgeschnitten und bei mir anprobiert, er stand mir sehr gut, obwohl er ziemlich klein ist, aber ich hab ihn dir wieder angenäht, bevor du wieder aufgewacht bist", erklärte mir *Verlorene Freude* unaufgefordert.

Ich zuckte kurz zusammen und schaute sofort nach: Sah alles ganz gut aus, außer, dass er ihn falsch herum angenäht hatte.

„Ach, das ist kein Problem, schließlich verdanke ich dir mein Leben und der ist sowieso manchmal ziemlich lästig gewesen", sagte ich lächelnd, drehte mich um, vergrub mich unter meiner Büffeldecke und fing bitterlich an zu weinen.

Die nächsten Wochen der Regeneration wurde ich immer fitter und ich machte sehr viele neue Erfahrungen. Ich probierte Dinge aus, vor denen ich immer Angst hatte, wie zum Beispiel Wespen, Pilze und Braunbären.

Was auch immer es bedeuten mag, wenn man diese Dinge „ausprobiert".

Verlorene Freude brachte mir bei, wie man angelt oder wie man eine Homepage bastelt, und wir wurden richtig dicke Freunde. Eines Tages jedoch plagte mich mein Heimweh und ich wusste, es war Zeit, wieder zurückzugehen – zurück in die Zivilisation.

Ich wartete den richtigen Moment ab und sagte dann:

„Hey, *Lost Happy*, es war eine wunderschöne Zeit mit dir, jedoch ist das einsame Leben im Wald auf Dauer nichts für jemanden, der noch einen Penis hat, ich muss dich deswegen heute verlassen, um zurück in die Stadt zu gehen."

Verlorene Freude guckte mir fest in die Augen und sagte:

„Wenn es dein Wunsch ist, dann soll es so sein, mein Freund, darf ich dir irgendetwas mitgeben, was dich an unsere Zeit erinnert?"

Ich überlegte kurz und erwiderte dann:

„Ach, du brauchst mir nichts mitgeben. Ich hab so viele neue Erfahrungen durch dich gemacht. Das werde ich vermissen. Ich war immer sehr ängstlich, wenn es darum ging, etwas Neues auszuprobieren, also wenn du mir nen Tipp geben kannst, wie ich diese Angst loswerden kann, dann wäre das schon mehr als genug für mich." *Verlorene Freude* holte tief Luft und sagte:

„Ich kann dir die Angst vor neuen Erfahrungen nehmen, mein Freund, aber dieser Weg ist auch ein sehr gefährlicher, darum würde ich dir davon abraten."

Ich schaute interessiert auf.

„Echt, das kannst du? Hast du da eine spezielle schamanische Methode? Es wäre nämlich mein größter Wunsch, diese Angst zu verlieren, also, wenn du das kannst, dann sag mir bitte, wie das geht."

Lost Happy schüttelte den Kopf und fuhr fort:

„Ich sage dir, pass auf, was du dir wünschst, du Honk. Dieser Weg ist gespickt mit vielen Gefahren und gerät schnell außer Kontrolle. Was glaubst du, warum ich nicht mehr in der Stadt wohne?"

Ich blickte ihm entschlossen in die Augen.

„Das ist mir egal, ich gehe dieses Risiko ein."

Er nickte.

„Dann, mein Freund, soll es so sein."

Verlorene Freude holte eine gelbe Wurzel aus einem kleinen Ledersäckchen und quetschte sie in eine Dose Paderborner hinein. Es zischte kurz und er reichte mir die Dose.

„Trink es auf ex", befahl er.

Ich kannte diesen Befehl irgendwoher und wurde ein wenig zögerlich.

„Hey, das ist ein Paderborner, das hab ich noch nie auf ex getrunken. Das ist bei einem Paderborner physikalisch überhaupt nicht möglich, *Lost Happy*."

Er blieb unerbittlich.

„Wenn du den gewünschten Weg gehen willst, musst du mit dieser neuen Erfahrung beginnen."

„Ja, gut", antwortete ich, schluckte kurz, nahm die Dose und schluckte lang.

Verlorene Freude streckte seinen Arm gen Westen und sagte:

„In dieser Richtung liegt die Stadt."

Ich umarmte ihn, lief los und folgte seinem Finger in Richtung Zivilisation, wenn man Paderborn so nennen kann.

Als ich in Paderborn ankam, ging ich sofort in meine WG.

Wie immer hingen die Jungs mit Anna in der Küche ab. Als ich reinkam, gab es das obligatorische „Ahoi", als wäre nichts gewesen. Es schien wohl nicht wirklich jemandem aufgefallen zu sein, dass ich für drei Monate völlig von der Bildfläche verschwunden war.

„Hey, wir sind gerade am Saufen, wenn du auf unseren Pegel kommen willst, musst du schon diese Flasche auf ex trinken", sagte Thore grinsend und hielt mir eine volle Flasche Johnny Walker entgegen.

Ich nahm die Flasche in meine Hand und schaute sie kurz an. Ich hatte noch nie eine Flasche Feuerwasser auf ex getrunken. Aber ich war jetzt ein Indianer. Ich stürzte die Flasche in wenigen großen Zügen in mich hinein. Es wurde still um mich herum. Thore schaute mich mit großen Augen an.

„Alles klar bei dir?", fragte Marius.

„Jau", erwiderte ich, nahm eine Zwiebel aus dem Gemüsekorb und biss in sie hinein, als wäre es ein fruchtiger Apfel.

Ich hatte vor nichts mehr Angst und ich bemerkte nicht sofort die Gefahr darin, ein Indianer zu sein. Ich war süchtig nach neuen Erfahrungen, und ob es sinnvoll war oder nicht, wurde von mir nicht mehr hinterfragt.

„Alter, du hast gerade 'ne Flasche Whiskey auf ex getrunken, wat geht ab?!?", schrie mich Anna an.

Ich lächelte verschmitzt.

„Wie du siehst, steh ich noch", prahlte ich, fiel nach hinten auf die Couch und verlor mein Bewusstsein.

Ich wachte wieder auf und war ziemlich am Ende.

Ein Notarzt beugte sich über mich und leuchtete mir in die Augen.

„Der ist ja völlig zerstört, hat der sich Heroin gespritzt oder was?", fragte der Arzt mehr rhetorisch.

Plötzlich ratterte es in meinem Kopf. „HEROOOOOINN!!!"

Das hatte ich wirklich noch nie probiert. Eine raue, gebieterische Stimme irgendwo in mir drin verlangte von mir, dies auf der Stelle nachzuholen. Wie von der Tarantel gestochen sprang ich auf, schubste den verdutzten Arzt zur Seite, rannte aus dem Haus in Richtung Bahnhof und schrie dabei freudig erregt, wenn

nicht eher hysterisch: „Heroooin!! Herooo-
ooin!!"

Eine halbe Stunde später saß ich in einem
verlassenen Güterwaggon zusammen mit zwei
Punks, zwei Obdachlosen und drei obdachlosen Punks.

Ich hatte gerade Heroin ausprobiert.

Ich schwamm in meinem Meer der zufriede-
nen Wattebäuschigkeit und checkte nicht mehr
sehr viel. Im Delirium vernahm ich trotzdem
eine Frage von einem der Obdachlosen: „Sag
mal, biste schon ma' anschaffen gegangen, um
dir die Kohle für den Stoff zu besorgen?"

Es ratterte wieder in meinem Kopf. Diese
Erfahrung hatte ich noch nie gemacht. Trotz
des Heroins raffte ich mich auf, lief los, knack-
te ein Auto und fuhr schnurstracks zu einem
Jungenstrich nach Hamburg.

Die Zeit auf dem Strich war eine ganz neue
Erfahrung für mich und ich möchte nicht weiter darüber berichten, weil ich sonst jetzt anfangen muss zu weinen und die Geschichte
nicht zu Ende erzählen kann. Ich kann nämlich
nicht weinen und gleichzeitig arbeiten. Ich bin
ja keine Frau. Oh, war das jetzt sexistisch? Gut.
Wurde auch mal Zeit, diese Erfahrung gemacht
zu haben.

Nach der Sache, über die ich nicht reden
möchte, trieb ich noch allerlei Sachen, die ich
vorher noch nie getan hatte.

Ich arbeitete bei Burger King, ich hinterzog Steuern, ich war höflich, dressierte Braunbären, entwarf einen Heißluftballon, malte mir ein Hakenkreuz auf die Stirn, ich sprang vom Dreier, spielte mit Barbiepuppen, steckte mir den Finger in den Arsch usw.

Mir fiel dann jedoch ein, dass ich mir schon mal den Finger in den Arsch gesteckt hatte und nahm dann stattdessen eine der Barbiepuppen.

Mir fiel dann jedoch wiederum ein, dass ich dies auch schon mal getan hatte, und ich beschloss, bei meinen neuen Erfahrungen das weite Feld des Anus zu meiden.

Bei anderen Dingen aber ging es immer so weiter.

Ich begriff jetzt, was *Verlorene Freude* meinte, als er von einem gefährlichen Weg sprach. Diese Angstlosigkeit war kein Segen, sondern wurde zu einem Fluch.

Ich war nicht mehr Herr meiner Entscheidungsgewalt. Ich durfte an nichts mehr denken, was ich noch nicht getan hatte, weil ich es sonst sofort tun musste.

Um nicht auf neue Ideen zu kommen, setzte ich mich meditierend in den Park, so, dass meine Gedanken im Nirwana kreisen konnten.

Wenn ich so weiter mache, werde ich noch richtig eins auf die Fresse bekommen, dachte ich in mich hinein.

Dieser Gedanke war ein Fehler, denn mir fiel auf, dass ich noch nie wirklich richtig auf die Fresse bekommen hatte. Das musste ich sofort nachholen.

Ich begab mich daher zur nächstbesten Stammkneipe der Hells Angels, stellte mich vor die versammelte Mannschaft der tätowierten Muskelprotze, trat ihre Motorräder um und sang dabei mit der Melodie von „Meine Oma fährt im Hühnerstall Motorrad":

„Eure Mütter lutschen Schwänze für 'nen Fünfer, 'nen Fünfer, 'nen Fünfer!

Eure Mütter lutschen Schwänze für 'nen Fünfer, und wenn sie gut drauf ist, macht sie's auch mal für 'nen Eis!"

Ich wachte wieder im Wigwam auf. Jeder Knochen meines Körpers schien von den Rockern gebrochen worden zu sein und *Verlorene Freude* hatte mich komplett einbalsamiert.

Ich konnte wegen meines geschwollenen Gesichtes kaum sprechen, aber ich versuchte, *Lost Happy* zuzulächeln. Dabei fiel mein Blick unter seinen Lendenschurz und ich sah einen ziemlich kurzen Penis, der mir leider sehr, sehr bekannt vorkam. *Lost Happy* hatte sich wieder meinen Penis ausgeliehen, aber ich war nicht sauer. Die Erfahrung, eine Frau zu sein, hatte ich bisher noch nie bewusst gehabt, und außerdem bin ich ein Indianer und Indianer kennen keinen Schmerz, dachte ich in mich hinein, drehte mich um, verkroch mich in meine Büffeldecke und fing bitterlich an zu weinen.

„Das Spiel ist die höchste Form der Forschung."

– Albert Einstein –

Der Spielverderber

Ich war richtig aufgeregt.

Vor ein paar Wochen hatte ich die High School beendet und war mit meinem nagelneuen Wagen auf dem Weg zu meinem brandneuen Leben auf dem College.

Es war der erste Tag. Der erste Tag der Freiheit. Keine Eltern mehr, die mir vorschrieben, wann ich zu Hause sein muss und mit wem ich wie verkehren soll.

Kein Vorstadtspießertum, wo jeder alles über jeden weiß.

Keine Provinz, wo nichts mehr geht.

Die Karten wurden neu gemischt und wer weiß, vielleicht bin ich in diesem Abschnitt meines Lebens zur Abwechslung mal kein Loser mehr und treffe richtig coole Dudes.

Richtig coole Dudes, die schon mit richtig heißen Mädels befreundet sind und die ich dann kennenlernen kann. Die Welt könnte so einfach sein.

Ich war bereit.

Als ich das Sekretariat erreichte, wies man mir mein neues Zimmer zu und gab mir die

Schlüssel. Ich war schon ziemlich gespannt, wie meine Mitbewohner so drauf waren. Ich war aber zuversichtlich, denn ich hatte mitbekommen, dass alle drei keine Erstsemester mehr seien.

Ich fand das gar nicht so schlecht, denn dann könnten sie mir mit ihrer Erfahrung die Gepflogenheiten des Campus näherbringen und ich könnte direkt Kontakte schließen.

Als ich vor der Tür stand, holte ich tief Luft, sagte in Gedanken „toi, toi, toi", schloss die Wohnungstüre auf und wurde Zeuge einer seltsamen Szenerie.

Drei Jungs saßen im Kreis; einer von ihnen hatte ein Frauenkleid an und war schlecht geschminkt. Die Gesichter der anderen Jungs waren komplett mit Lippenstift verschmiert.

Jeder von Ihnen trug ein Armband mit seinem Namen draufgestickt.

„Misha", „Sebastian" und „Andy" stand jeweils darauf.

Der im Frauenkostüm war Andy. Sebastian und Misha saßen drumherum.

„Hallo. Ich bin der Neue", sagte ich verstört.

Aus irgendeinem Grund zog ich es erst einmal vor, meinen Namen nicht zu nennen.

Die gesamte Situation war ein wenig absurd, denn die drei Jungs musterten mich eine ganze

Weile, ohne etwas zu sagen, und grinsten dabei grenzdebil, wenn nicht verstörend, bis Misha plötzlich sagte:

„Möchtest du mitspielen?"

Ich: „Was mitspielen?"

Sebastian: „Wir spielen *Mädchen*."

Ich: „Ihr spielt *Mädchen* ...?!?"

Misha: „Ja, wir spielen *Mädchen*. Einer verkleidet sich als Frau und die Anderen machen mit ihr rum. Wir wechseln uns ab, jeder ist einmal Mädchen."

Sebastian: „Willste mitspielen? Wir haben gerade erst angefangen ...?"

„Scheiße. Verrückte", schoss es mir durch den Kopf.

Ich: „Nee, ich glaub, das Spiel ist nicht so meins."

Sebastian: „Hey, spielst du etwa lieber *Junge*, oder was?"

Misha: „Biste schwul, oder wie?"

Andy: „Oder bist du etwa ein Määäädchen?"

Ich: „Ähm, nein. Ich bin nicht schwul und ich hab auch nichts gegen Schwule. Ich hab nur keinen Bock auf das Spiel."

Andy: „Wir können auch *Bonobo* spielen."

Misha: „Ja, das ist auch lustig. Du bietest uns irgendwas aus deinem Essensfach an und wenn einer von uns es haben will, holt er dir dafür einen runter."

Ich: „Seid ihr doof, oder was?! Ich mache bei so einem Kack nicht mit."

Sebastian: „Bist du schwul, oder was? Oder wovor hast du Angst? Es ist doch nur ein Spiel."

Andy flüstert den anderen zu: „Ich glaub, der ist wirklich schwul ..."

Misha: „Hey, wenn du schwul bist, kannste es uns ruhig sagen. Wir sind zwar nicht krass homophob, aber ehrlich gesagt verstößt es schon ein wenig gegen unsere WG-Policy."

Andy: „Wir finden Schwule jetzt nicht sooo cool, und wenn du es bist, wäre es vielleicht besser, wenn du dir eine andere WG suchst."

Sebastian: „Ich glaube, du bist wirklich schwul, denn sonst würdest du nicht so verkrampft an die Sache herangehen."

Ich: „Nein, Mann! Ich bin nicht schwul!"

Misha: „Dann beweis es und knutsch mit dem Mädchen rum."

Sulaiman: „Nein, genau *das* ist doch schwul, ihr Idioten. Und außerdem bist du kein Mädchen."

Andy: „Entweder bist du schwul oder ziemlich doof, oder du checkst einfach nicht, dass ich gerade kein Junge bin."

Sulaiman: „Du bist eine Transe."

Sebastian: „Ey, pass mal auf, was du sagst. Beleidigen können wir auch. Transen steh'n darauf, sich zu verkleiden, weil sie *in Wirklichkeit* eine Frau sein wollen, aber *wir* spielen *ein Spiel*. Sag mal, raffst du das nicht, oder denkst du etwa auch bei blinde Kuh, dass die Person mit verbundenen Augen wirklich eine blinde Kuh ist?"

Andy: „Was ziemlich blöd wäre, weil man dann gar nicht mehr die Augen verbinden müsste."

Misha: „Außerdem würden wir, wenn wir schwul oder so wären, *Junge* spielen."

Sebastian: „Und wie du siehst, ist hier keiner als Junge verkleidet. Was geschieht jetzt, Homeboy, was geschieht?"

Ich: „Okay, ich nehme zurück, was ich gerade gesagt habe. Ihr seid nicht schwul. Ihr seid verrückt."

Andy: „Hey, yeah! Gute Idee. Wir können auch verrückt spielen. Wir sind so verrückt, dass wir wild miteinander rumknutschen."

Misha: „Ja genau, weil wir halt so tun, als ob wir gar nichts mehr checken. Wie nice."

Sebastian: „Das ist eine saugute Idee! Biste dabei? Oder ist unser neuer Mitbewohner etwa direkt am ersten Tag ein Spielverderber?"

Sie guckten mich erwartungsvoll an.

Ich: „NEIN! Ich hab keinen Bock auf eure Spiele. Ich will jetzt auf mein Zimmer und meine Sachen einräumen. Könnt ihr mir bitte sagen, welches mein Zimmer ist?"

Sebastian: „Es ist direkt das Zimmer hier vorne links, aber da kannste jetzt nicht rein."

Ich: „Warum kann ich nicht auf mein Zimmer?"

Misha: „Da sind Artur und Gerrit drin und spielen ein anderes Spiel."

Andy: „Sie spielen Doktorspiele und wollen nicht gestört werden."

Ich: „Verdammte Scheiße. Ich geh mich beschweren!"

Alle drei zusammen: „Nänänänänänä, nänänänänänä!"

Ich stapfte wutentbrannt ins Campusbüro, doch leider war es geschlossen und ich konnte frühestens morgen früh wieder hin, um ein neues Zimmer zu beantragen. Bis dahin, so sagte es mir eine Servicekraft an der Information, müsse ich mich mit meinen Mitbewohnern arrangieren und warten, bis der Antrag bearbeitet worden sei. So hatte ich mir meinen ersten Tag auf dem College definitiv nicht vorgestellt. Ich ging wieder zurück in meine neue Wohngemeinschaft.

Als ich die Tür öffnete, standen die Jungs wie ganz normale Männer gekleidet vor mir im Zimmer und Misha hielt mir ein Bier entgegen.

Misha: „Haha, wir haben dich voll verarscht!"

Sebastian: „Du hattest wohl Angst, wir würden mit dir direkt am ersten Tag so krasse Spielchen abziehen wollen, wa?"

Ich: „Ja ... also, ja."

Andy: „Hier, nimm erst mal ein Bier."

Ich war sichtlich überrascht und gleichzeitig erleichtert. Ich nahm das Bier und stieß mit den Jungs an.

Alle: „Prost!"

Andy: „Und jetzt werden wir etwas tun, was dir sicherlich gefallen und was dir dein College-Leben extrem versüßen wird. Komm mit!"

Die Jungs nahmen mich komischerweise an die Hand und liefen mit mir durch die Gänge ihres Gebäudes, bis sie vor einer Schuppentür anhielten, welche Sebastian mit einer Kreditkarte fachmännisch aufschloss.

Sie drängten sich zu dritt hinein.

„Komm auch rein, wir spielen *Gucken*!", rief mir Andy, mich zu sich herwinkend, zu. Irgendetwas in mir sträubte sich dagegen, aber ich wollte nicht schon wieder ein Spielverderber sein und ging mit rein.

Sebastian: „Wir haben hier ein Loch reingebohrt, und dreimal darfst du raten, was hier hinter der Wand ist. Hehe."

Misha: „Da braucht man nicht viel Phantasie für. Hier hinter ist natürlich die Gruppendusche der Frauen."

Andy: „Aber heute ist ein ganz besonderer Tag. Nicht wahr, Misha?"

Misha: „Ja, das stimmt, Andy, denn da die Gruppendusche der Männer wegen eines Rohrbruchs saniert werden muss ... dürfen alle zwei Tage die Männer hier duschen. Yeah. Jackpot."

Sebastian: „Und dreimal darfst du raten, wer hier heute duschen wird! Da! Sie kommen!"

Misha: „Lass mich gucken! Lass mich gucken!"

Ich stand einfach nur mit offenem Mund da und schaute die drei ungläubig an.

Andy: „Oh, Scheiße, da ist Joshua! Er ist der Quarterback der Football-Mannschaft!"

Misha: „Lass mich gucken, lass mich gucken! Ohhh, kraaaass. Joshua hat voll den großen Penis!"

Sebastian: „He, lass uns doch mal Joshua zu unserer nächsten Party einladen."

Misha *(in meine Richtung)*: „Willste auch ma gucken?"

Ich verneinte diese Anfrage mit dem letzten Rest respektvoller Höflichkeit, der mir dank meiner guten Erziehung geblieben war, und ging konsterniert aus dem Abstellraum raus, als die Jungs anfingen, sich gegenseitig anzufassen.

Ich verließ verwirrt das Unigelände und fand mich eine halbe Stunde später völlig desillusioniert auf einer Parkbank wieder.

Ich kauerte mich auf die Bank, hüllte mich in meine Jacke ein und verbrachte meine erste College-Nacht auf dieser Bank.

Mein letzter Gedanke, bevor ich einschlief, war kalenderspruchreif:

„Bevor man sich an einem Spiel verdirbt, ist es besser, wenn man das Spiel verdirbt."

„Der Weise trachtet nie nach dem Großen,
folglich erlangt er Größe."

– Laotse –

groß wird kleingeschrieben

Mein ganzes Leben lang habe ich versucht herauszufinden, wie groß ich bin.

Aber meine Größe wusste ich nie genau.

Ich glaube, ich bin irgendwo zwischen nasenspitzenhoch und fußsohlentief.

Null.

Ich wollte schon bei meiner Geburt groß rauskommen, aber als ich nach Deutschland kam, war ich nur ein kleines, ausgemergeltes Bündel Menschenfleisch im Asylantenheim.

Zwischen den Containerwohnungen hatten nicht viele Vertriebene das Gefühl, wirklich in Deutschland angekommen zu sein ... wahrscheinlich, weil viele von ihnen in einem Container hierher kamen.

Übereinandergestapelt und verpackt wie einst die afrikanischen Sklaven waren wir seltsamen Früchte gezwungen, uns klein zu machen, um eine neue Heimat zu finden.

Es gab nur einen Unterschied: Die Sklaven wurden in die Hölle gebracht und wir haben versucht, den Himmel zu finden.

Trotzdem saßen zwischen den Containern hier und da welche rum und starrten mit leblosen Augen auf die Welt hinter dem Zaun, so wie einst gedemütigte Schwarze, die nicht mehr dran glaubten, dass hinter dem Horizont keine Baumwollfelder mehr sind.

Mein ganzes Leben lang habe ich versucht herauszufinden, wie groß ich bin.

Aber meine Größe wusste ich nie genau.

Ich glaube, ich bin irgendwo zwischen baumwollfeldgroß und schiffscontainerklein.

Fünf.

Ich war als Kind von sehr kleinem Wuchs.

Beim Fußball dachten alle, ich wäre ein großes Talent aus einem jüngeren Team, das bei den Großen mitspielen darf, obwohl alle in meiner Mannschaft aus meiner Altersklasse waren.

Ich war der Kleine mit der großen Klappe.

„Große Klappe und viel dahinter", pflegte ich immer dazu zu sagen, denn manchmal hat der, der am lautesten schreit, sogar Recht.

Meine Stimme übertönte alle und fast kein anderer war zu hören, wenn ich schrie: „Ich bin Spartakus!"

Meine Mutter gab mir dann immer einen Sparta-Kuss auf die Stirn und sagte: „Natürlich bist du das, und jetzt ist es Zeit zu schlafen."

Und sie brauchte dann nicht sehr viel Decke, um meinen kleinen Körper zuzudecken.

Mein ganzes Leben lang habe ich versucht herauszufinden, wie groß ich bin.

Aber meine Größe wusste ich nie genau.

Ich glaub, ich bin irgendwo zwischen fußballfeldgroß und bettdeckenklein.

Zwölf.

Es gibt zwei Arten von Menschen, die den Wunsch verspüren, einen Baum zu besteigen. Die einen klettern hoch, um die Aussicht zu genießen, und die anderen, um auf die Untenstehenden herabblicken zu können.

Ich aber wollte immer nur denen, die unten standen, von der Aussicht erzählen, wenn ich wieder auf dem Boden der Tatsachen landete. Darum kletterte ich auf jeden hohen Baum in meiner Stadt, um danach unten meine Notizblockblätter mit den Geschichten vollzuschreiben, die ich oben sah.

Um wahre Größe zu erlangen, muss man über sich hinauswachsen, dachte ich immer.

Doch als eines Tages ein morscher Ast unter mir brach, fiel ich tief zu Boden und schlug

meinen Kopf an den Wurzeln meines Hochmuts auf.

Ich schrieb danach eine Geschichte über
meinen Fall.

So erkannte ich, dass wahre Größe noch
stets mit den Füßen die Erde berührt und ich
keine gute Aussicht brauche, um eine große
Geschichte zu schreiben.

Geschichten, die im Papier ruhen und so
imposant wie ein Mammutbaum hinauswachsen, um in den Köpfen der Menschen Wurzeln
zu schlagen und uns somit für einen Moment
vergessen lassen, was für seltsame Früchte wir
sind.

Mein ganzes Leben lang habe ich versucht herauszufinden, wie groß ich bin.

Aber meine Größe wusste ich nie genau.

Ich glaub, ich bin irgendwo zwischen baum-
kronengroß und notizblockblattklein.

Jetzt.

Wir haben alle mal klein angefangen.

Eine winzige Zelle, die irgendwann auf allen Vieren aus dem Fruchtwasser krabbelt, sich
aufrichtet und eine Zeit lang von sich in der
dritten Person spricht.

Wir wurden erst zu Menschen, als wir lern-
ten, aufrecht zu gehen, und möglicherweise
geht es genau darum:

Aufrichtigkeit.

Wahrscheinlich erscheint mir deswegen der kleine Mistkäfer viel mächtiger als der riesengroße Haufen Scheiße, den er wie Sisyphus vor sich herrollt.

Dieser kleine Mistkerl zeigt uns, wie man die Scheiße kickt, denn egal, wie groß die Scheiße ist, er wird nicht klein beigeben.

Jeder rollt und rollt den Shit vor sich her und die Mistkugel wird immer größer und größer, aber wie soll man herausfinden, wie groß man ist, wenn man dabei ständig versucht zu wachsen?

Es wird Zeit, die Scheiße loszulassen.

Mein ganzes Leben hab ich versucht herauszufinden, wie groß ich bin, aber meine Größe werde ich nie genau wissen.

Ich weiß nur, ich bin irgendwo zwischen ozonschichthoch und erdkerntief,

irgendwo zwischen lichtstrahlenschnell und schildkrötenlahm,

zwischen zuckerwatteweich und morgenlattenhart,

zwischen urknalllaut und samtpfotenleise,

zwischen herzschlagnah und milchstraßenfern,

zwischen magmastromheiß und eisbergkalt,

zwischen kirchmausarm und nierensteinreich,

irgendwo zwischen misthaufengroß und mistkäferklein.

Irgendwo zwischen euch und mir spielt meine Größe verstecken und ich will gar nicht mehr wissen, wie groß ich bin ...

... denn das Einzige, was zählt, das weiß ich inzwischen ...

... groß wird kleingeschrieben.

Und seitdem ich das weiß, kann mich nichts mehr kleinkriegen.

„groß wird kleingeschrieben."

– Sulaiman Masomi –

Der größte Zwerg, der kleinste Riese

Seit tausenden von Jahren führten die Zwerge Krieg gegen die Riesen.

Das Problem war leider nur: Die Riesen haben davon nie etwas mitbekommen.

Die Riesen waren so groß, dass ihre Bauchnabel die höchsten Berge überragten und ihre Köpfe über den Wolken hingen.

Von so weit oben konnten sie die Zwerge gar nicht erkennen und von daher war es nicht verwunderlich, dass sie die Zwerge nie registriert hatten.

Und so liefen sie, ohne es zu wissen, seit Jahrhunderten durchs Zwergenland und trampelten auf ihnen herum. Mit wenigen Schritten zerstörten sie ganze Zwergenstädte und wunderten sich nur ein wenig über den unebenen Boden, der durch die zahlreich zerquetschten Zwerge leicht rutschig wirkte.

Das Zwergenblut verhielt sich wie ein dünner Ölfilm auf glatten Steinen.

Oft rutschten sie auch deswegen dort aus und zermalmten mit einem für die Zwerge tosendem Getöse ganze Zwergenzivilisationen unter sich.

Dieser apokalyptischen Aggression ausgesetzt sahen sich die Zwergenstämme irgendwann dazu gezwungen, gemeinsam in den Krieg gegen die Riesen zu ziehen.

Mit riesigen Armeen warfen sie sich den Riesen entgegen und hackten mit großen Streitäxten auf den gewaltigen Füßen der Riesen herum, aber das tat den Riesen nicht weh.

Es fühlte sich für sie so an, als würden Grashalme einem sanft die Sohlen streicheln, während man mit nackten Füßen über eine saftige Wiese läuft.

Barfuß über Wiesen zu laufen hat bekanntlich eine beruhigende, wenn nicht meditative Wirkung, und manch ein Riese genoss es, ohne zu wissen, warum, über Zwergenheere zu schreiten, nur wegen des schönen, kribbelnden Gefühls, das sie dabei unter den Füßen verspürten.

Die Zwerge aber blieben unermüdlich.

Abertausende waren schon bei diesem Krieg gestorben und bisher wussten die Riesen noch nicht einmal, dass sie sich mit den Zwergen im Krieg befanden, geschweige denn, dass es sie überhaupt gab.

Auf Grund der hohen Verluste beschlossen die Zwerge, sich in die Berge zurückzuziehen.

Sie gruben sich tief in den Stein und bauten ihre Städte nun im Herzen der Erde, dort, wo kein Riesenfuß sie erreichen konnte.

Ihren Krieg aber vergaßen sie nicht.

Als der Rat der Zwerge zusammentraf, waren viele Entmutigte in ihren Reihen, weil sie es noch nicht einmal geschafft hatten, die Riesen davon in Kenntnis zu setzen, dass sie überhaupt existierten und dass hier mal Krieg angesagt war.

Sie wollten endlich respektiert werden und dann, wenn möglich, Rache nehmen.

Der erste Schritt war also, überhaupt wahrgenommen zu werden.

Sie bauten beeindruckende Katapulte und beschossen die Riesen bei jeder möglichen Gelegenheit, doch dies war für die Riesen in etwa so schmerzhaft, als würde man ihnen die Samen einer Pusteblume gegen die Beine hauchen.

Die Zwerge erfanden ein schwarzes Pulver, welches bei Kontakt mit Feuer explodierte.

Sie schickten Himmelfahrtkommandos zu den Riesen: Geschickte Zwergenpioniere, die versuchten, die Beine hochzuklettern, und ein mit einer Lunte versehenes Schwarzpulverfass auf dem Rücken trugen, welches sie, wenn sie nicht mehr konnten, zündeten.

Manche nannten sie „Selbstmordattentäter", andere „Freiheitskämpfer".

Doch für die Riesen war so ein explodierender Zwerg wie ein kleiner Tropfen bei Nieselregen, der hauchzart die Haut benetzt.

Und dann wurde ER geboren.

Der eine Zwerg, der nicht aufhörte zu wachsen.

Er wuchs und wuchs und wurde so groß wie kein Zwerg je zuvor. Er war der größte Zwerg, der je existiert hatte, und wurde zur Hoffnung des Zwergenvolkes.

Die Zwerge nannten ihn Rogi.

Sie trainierten ihn in riesigen Höhlen unter der Erde.

Sie schmiedeten eine riesige Rüstung und ein gigantisches Schwert für ihn.

Es wurde nur das beste Erz und das beste Holz verwendet.

Jahrelang warteten sie darauf, ihn in den Krieg zu schicken – bis er erwachsen war.

Dann war es soweit. Er hörte auf zu wachsen und hatte seine volle Größe erreicht.

Er war inzwischen so groß, dass er die Zwerge kaum mehr sah und einem Riesen bis zum Knie reichte. Er war bereit.

Doch bei all der Freude und Euphorie, die bei den Zwergen über seine Existenz vorherrschte, hatten die Zwerge es versäumt, wenigstens einmal Rogi zu fragen, was er denn von der ganzen Sache hielt. Seit Kindestagen wurde er nur für den Kampf mit den Riesen vorbereitet.

Sein Schicksal schien vorbestimmt, ohne dass er sich je dazu äußern durfte, geschweige denn konnte.

Darauf nahmen die Zwerge keine Rücksicht, nicht einer kam überhaupt mal auf die Idee, den sensiblen Rogi zu fragen, was er von der ganzen Sache hielt.

So nahmen die Dinge weiter ihren Lauf.

In einer dreiwöchigen Prozedur wurden ihm sein Harnisch und die Rüstung angelegt und dem Schwert der letzte Schliff gegeben.

Als der nächste Riese in Sichtweite war, bliesen die Zwerge in ihr gewaltiges Kriegshorn und schickten ihren größten Zwerg in den Kampf.

Das Problem war nur: Eigentlich hatte Rogi überhaupt keinen Bock, gegen den Riesen zu kämpfen. Ihn hatte nur nie jemand gefragt.

Erstens war er mehr so pazifistisch drauf und zweitens hatte er immer noch keine Chance gegen den Riesen.

Ihm blieb aber nichts anderes übrig und so stürmte er auf den Riesen zu, um seine vermeintliche Bestimmung zu erfüllen, und als er ihn erreichte, schlug er mit seinem Schwert auf sein raues, steinhartes Bein ein.

Der Riese stoppte, schaute herab und sah den Zwerg skeptisch an.

„Hey, was machst du da? Das kitzelt", rief der Riese halb empört und halb belustigt ob der grotesken Szenerie, die sich ihm plötzlich darbot.

Als die Zwerge das hörten, jubelten sie alle auf.

„Es kitzelt ihn, es kitzelt ihn!", schrien sie sich alle gegenseitig stolz zu.

Zum ersten Mal wurden sie von den Riesen bemerkt.

Das Unternehmen war jetzt schon ein voller Erfolg und überstieg ihre kühnsten Erwartungen.

Der größte Zwerg haute inzwischen müde und lustlos auf das Bein des Riesen ein, den das Ganze eher amüsierte.

Der Riese beugte sich zu Rogi herab und sagte:

„Hey, du bist der kleinste Riese, den ich je gesehen hab. Es ist viel zu gefährlich, wenn du hier rumläufst bei deiner Größe. Ein unachtsamer Riese könnte dich einfach zertreten. Aber du scheinst ja zu wissen, wie man sich bemerkbar macht."

Der größte Zwerg legte sein Schwert erschöpft zu Seite und erwiderte erstaunt:

„Du denkst, ich bin ein kleiner Riese und kein großer Zwerg?"

„Was sind denn Zwerge?", fragte der Riese und setzte den Zwerg dabei sanft auf seine Schultern.

Als der Zwerg von dort oben die Welt betrachtete, konnte er die Zwerge nicht mehr ausmachen, aber stattdessen wurde ihm ein majestätischer Ausblick zuteil.

Die edle Sicht der Riesen.

Er überlegt kurz, sah zum Horizont und sagte:

„Ach, vergiss die scheiß Zwerge. Die gibt es eigentlich gar nicht. Ich find's eigentlich ganz gut, ein kleiner Riese zu sein."

„Hah", schnaubte der Riese und fuhr fort:

„Du bist mir ein seltsamer Gesell. Der erste Riese, den ich kennenlerne, der nicht der größte sein will, und dann auch noch der kleinste, den ich je gesehen hab. So eine positive Einstellung haben nicht viele Riesen. Ich glaube, wir werden gute Freunde werden. Man nennt mich Gamram. Wie heißt du eigentlich?", fragte der Riese und ging dabei auf die untergehende Sonne zu.

Rogis Blick fiel zurück auf die Berge, von wo die Zwerge ihren vermeintlichen Helden auf dem Rücken des Riesens fortschreiten sahen, und er antwortete:

„Ich heiße Rogi und ich glaube auch, dass wir gute Freunde werden."

Dann gingen sie fort und Rogi wurde nie wieder gesehen.

Die Zwerge feierten ausgelassen, denn sie hatten endlich ihren Stolz zurück und jedes

Jahr am selben Tag feierten sie ein Fest zum Anlass dieses neuen Feiertages, der bei allen Zwergen bekannt war unter dem Namen:

„Der Tag, an dem ein Zwerg einen Riesen dazu zwang, ihn zu tragen."

> *„Solange Menschen denken, dass Tiere nicht fühlen, müssen Tiere fühlen, dass Menschen nicht denken."*

> **– Arthur Schopenhauer –**

Der letzte Panda

Ich wusste, dass sie sehr verzweifelt gewesen sein mussten, als sie mich anriefen.

Man verlangt in der Regel nur nach meinen Diensten, wenn man alle anderen Mittel ausgeschöpft hatte.

Ich bin immer die letzte Instanz.

Die letzte Hoffnung, wenn alles verloren scheint.

Der Mann für die ganz speziellen Jobs.

Und dieser Auftrag hatte es in sich.

Es war ein Job, den keiner machen konnte, keiner machen wollte, keiner machen sollte.

Vor einigen Tagen hatte mich der Leiter des Panda-Reservats in Chengdu angerufen. Nach einer plötzlichen Panda-Epidemie waren alle Pandas ausgestorben – bis auf ein männliches und ein weibliches Exemplar.

Nur gerade diese zwei Pandas hatten bisher noch nie Sex mit ihren Artgenossen gehabt.

Sie waren die zwei asexuellsten Tiere der Welt, und der Leiter hatte **mich** angerufen, um dies zu ändern, denn **ich** sollte dafür sorgen, dass die beiden süße, süße Liebe betreiben.

Mir wurde der Fortbestand einer gesamten Spezies anvertraut. Zu Recht!

Ich wurde sozusagen als Kopulationsanimateuse für Pandas geordert.

Es hatte sich bis nach China rumgesprochen, dass, wenn jemand Pandas zum Sex animieren könnte, ich dieser jemand bin.

Man nennt mich auch den „Pandaflüsterer".

Es gab da nur ein Problem, denn wenn ich ehrlich bin, habe ich in meinem Leben bisher noch niemanden zum Sex animieren können, geschweige denn Pandas.

Mich hat es auch gewundert, dass mich der Leiter mit dem Namen Jee-Won Seo angesprochen hatte, denn der bin ich eigentlich gar nicht.

Es hatte wohl irgendeine Form der Verwechslung stattgefunden, aber als er meinte, sie würden mir den Flug und eine Unterkunft in China bezahlen und darüber hinaus über **eine Million Euro (!!!)** aushändigen, falls ich die Pandas dazu bringe zu bumsen, habe ich in dem Moment davon abgesehen, dieses Missverständnis aufzuklären.

Es kann ja nicht so schwierig sein, so ein paar Pandas zum Poppen zu überreden, dachte ich. Außerdem hatte ich mir schon seit geraumer Zeit keinen Urlaub mehr leisten können und lebte hochverschuldet in einer total heruntergekommenen Bude.

Ich konnte das Geld also sehr gut gebrauchen, denn bei mir ging es auch ums Überleben. Wer hätte das gedacht, da hätten wir schon die erste Gemeinsamkeit mit den Pandas. Wir kämpften beide ums Überleben.

Man nennt dies auch Schicksal, Karma oder einfach nur Prädestination.

Ich bin aber kein Hallodri. Wenn ich so einen verantwortungsvollen Job annehme, dann bereite ich mich auch akribisch darauf vor.

Ich war deswegen auch ein wenig überrascht, als man mir in Japan sagte, Chengdu wäre in China und darüber hinaus wisse doch jedes Kind, dass es keine Pandas in Japan, sondern nur in China gebe. Okay, da hatte ich mich wohl vertan.

Wie dem auch sei. Ich kam dank Google Maps dann doch irgendwie im Reservat an. Ich musste nur übers Meer und mehrere tausend Kilometer per Anhalter fahren.

Als ich dann endlich, um mehrere Wochen verspätet, vor dem Gatter zu ihrem Gehege stand, war ich felsenfest davon überzeugt, dass die beiden Turteltäubchen, with a little helping hand of mine, übereinander herfallen würden.

Der Leiter des Geheges stand nervös neben mir und rieb unablässig seine verschwitzten Hände.

Ich schaute ihn eindringlich an und sagte:

„Egal, was jetzt passiert, Sie müssen mir vertrauen, denn ich weiß genau, was ich tue. Sie dürfen mich während des Animationsprozesses nicht hinterfragen. Meine Methoden mögen auf den ersten Blick unorthodox wirken, aber sie sind alle Ergebnisse fundierter wissenschaftlicher Studien über das Paarungsverhalten von Braunbären."

„Ähm, ja ... das sind aber Pandabären", erwiderte der kleine Korinthenkacker sichtlich irritiert.

„Ja, ja, mein ich doch! Die Dingensbären hier. Jetzt stören Sie mit solchen unnötigen Details nicht meine Konzentration. Ich muss mich hier absolut fokussieren. Das Chi muss im Fluss bleiben, das Chi muss im Fluss bleiben. Alles klar?"

Der Reservatsleiter nickte leicht konsterniert und schluckte.

Ich schaute noch mal durch das Gatter und beobachtete die zwei Pandas, welche friedlich und entspannt an ihrem Bambus nagten.

Ich guckte auf die Uhr, schob den Leiter zur Seite und sagte:

„Es ist zwölf Uhr. Es geht los."

Der Leiter und die gesamte Crew waren leicht verwirrt, da ich in ihren Augen ungewöhnlich aussah.

Ich trug nämlich Camouflage. Ich sah aber nicht nur wie ein Soldat aus, nein, ich war auch bis an die Zähne bewaffnet und voll ausgerüstet wie ein Navy Seal vor der Erstürmung eines Talibancamps. Ich wollte den Pandas nämlich sofort klar machen, wer der Herr im Hause ist, damit sie gar nicht erst auf die abstruse Idee kommen würden, gegen mich aufzumucken. Natürlich musste ich auch in der Lage sein, mich, nur im Notfalle, zu verteidigen und die Pandas neutralisieren zu können.

Ich hatte aber diese Gedankengänge dem Leiter nicht weiter erläutert und nur gesagt, dass dies meine normale Arbeitskleidung sei, in der ich mich am wohlsten fühlen würde. Man will ja keine schlafenden Hunde unnötig wecken.

Es war so weit. Ich öffnete das Gatter zum Gehege einen Spalt weit, blickte dem Reservatsleiter entschlossen in die Augen, lächelte selbstsicher, zwinkerte ihm noch keck zu und warf dann zwei Blendgranaten ins Gehege.

Es knallte laut, grelles Licht zuckte aus dem Raum, und ich stürmte schreiend ins Gehege, sprang in die Mitte des Raumes, schoss mit meiner AK 47 ein gesamtes Magazin in die Decke, wedelte wild mit einem Dildo in der Hand herum und schrie, so laut ich konnte:

„It's action time!"

Für Sekundenbruchteile schien die Zeit eingefroren zu sein. Beide Pandas hielten ihren Bambus zwischen den Pfoten und guckten mich erstarrt und regungslos an. Dann lief die Zeit weiter.

Das Weibchen kackte sich sofort ein und das Männchen kippte auf der Stelle um und blieb regungslos liegen.

Das war nicht exakt die Reaktion, die ich erwartet hatte.

„Mann, ihr Spielverderber! Ihr sollt ficken und nicht kacken und tot umfallen!", rief ich den beiden scherzhaft zu, um die Situation ein wenig aufzulockern.

Die beiden schienen nämlich seltsamerweise ein wenig verängstigt zu sein.

Das Weibchen guckte mich mit großen, furchtgeweiteten Augen an und das Männchen lag einfach regungslos auf dem Boden herum.

„Hallo, Onkel Sulaiman ist da. Und guckt mal, was ich euch mitgebracht habe."

Ich wedelte demonstrativ mit dem Dildo herum.

Sie schienen wohl beide kein Deutsch zu können. Hm, damit hatte ich nicht gerechnet. Es schien komplizierter zu werden als ich dachte.

Ich musste hier anscheinend wirklich arbeiten.

Darauf hatte ich überhaupt keinen Bock. Ich spielte mit dem Gedanken, die ganze Sache abzublasen, und legte mir in Gedanken schon einige erklärende Sätze für den Leiter zurecht wie zum Beispiel:

1. „Sorry, hat nicht geklappt. Total unkoope-
   rativ, die Braunbären."
2. „Ich gehe! Mit solchen Amateuren kann ich
   nicht arbeiten."
3. „Die waren ja wohl schon vorher tot, Sie
   Armleuchter!"
4. „Das sind ja gar keine Braunbären ..."
5. „Was denken Sie noch mal, wer ich bin und
   was ich hier machen soll? Ich glaube, da
   liegt ein tragisches Missverständnis vor."
6. „Einen Moment, ich komme gleich wieder."

Ich ging die Möglichkeiten durch und plötzlich
erinnerte ich mich an die **eine Million Euro (!!!)**
und besann mich eines Besseren.

Ich werde danach nie wieder arbeiten oder
irgendwas machen müssen.

Ich ging also über zu Plan B.

Als Erstes schob ich einen Einkaufswagen
rein, in dem allerlei Gerät verstaut war.

Eine Liebesschaukel, Vibratoren, Reizwä-
sche, eine Videoeinheit mit Pandapornos und
ganz viel Gleitcreme mit Bambusgeschmack.

Man merkt, ich hatte mich vorbereitet. Ich
baute die Gerätschaften in aller Seelenruhe im
Gehege auf und ging dann zu dem auf dem Boden liegenden männlichen Panda und stupste
ihn mit einem Fuß an.

Die Augen waren seltsam verdreht und Gei-
fer lief ihm aus seinem Mund.

„Aufstehen, Kollege. An die Arbeit, hallo Freundschen ... aufstehen, du Siebenschläfer. Du musst der Kleinen jetzt mal beigehen. Zeig der Kleinen, wo der Pandabär seinen Bambus reinsteckt! Hallihallo! Wer wird denn hier den ganzen lieben Tag faul rumliegen und nicht die Alte wegschubbern wollen. Jetzt verdreh doch nicht die Augen so. Guck dir die Kleine doch mal an. Das ist ein ganz heißes Gerät. Komm, Tiger, steh auf! Mach sie weg! Schlabber die Kuh! Rubbel die Katz! Zeig der Kleinen, wo der Hammer hängt! Brezel die an die Wand! Knack die Nuss! Check den Flava! Schleck den Pfirsich! Hau den Docht rein! Jetzt komm, komm, mach schon, Alter!

Was ist los, was ist los? Wo ist der kleine Tiger, häh, wo ist der kleine Tiger? Wer ist der Bums-Champ, na, wer isses? Ja, du bist der Bums-Champ, ja, du bist es!

Und jetzt steh auf und beweis uns, was in dir steckt, und lass es dann auch raus.

Ich hab jetzt auch nicht ewig Zeit, weißt du. Hallo? Ähm, hallo? Hörst du mir überhaupt zu?"

Ich stupste das Männchen erneut mit meinem Fuß an. Keine Reaktion. Er chillte immer noch mit herausgequollener Zunge regungslos am Boden herum.

Echt ein komischer Freak.

Wenn Pandaweibchen mehr als ein Baby bekommen, sucht sich das Weibchen ein Kind aus, um das es sich weiterhin kümmert, und verstößt die anderen.

Ich kannte dieses Verhalten von einigen Familien, die ich bei „Frauentausch" gesehen hatte, und ich dachte deshalb erst, das Pandamännchen wäre so ein Ausgestoßener und aufgrund dieser Sozialisation ein wenig depressiv drauf und würde daher nicht auf meine Animationsversuche reagieren, aber bei näherer Betrachtung bemerkte ich, dass er wohl anscheinend aufgehört hatte zu atmen.

Ich weiß nicht, woran ich das erkannte, aber ich wusste, wenn das so blieb, wäre es ziemlich kontraproduktiv in Bezug auf die Erfüllung meiner Mission und der damit verbunden Erwerbung der: „eine **MILLION EURO!!!**"

Den letzten Teil meines Gedankens hatte ich wohl ziemlich laut geschrien, woraufhin auch das Pandaweibchen endgültig vor Schreck umkippte und auf dem Boden liegenblieb.

„Scheiße. Scheißescheißescheiße!", entfuhr es mir und ich warf mich auf den männlichen Bären und begann, ihn zu reanimieren.

Ich schlug dem Panda 30 Mal auf die Brust und versuchte, ihm danach Luft in den Mund zu blasen.

Ich wusste leider gar nicht so richtig, wie man das macht, denn ich hatte meinen letzten Erste-Hilfe-Kurs vor gefühlten hundert Jahren absolviert.

Ich wurde langsam nervös und lief wie ein Wilder zwischen den zwei Pandas hin und her, als der Leiter des Parks vorsichtig reinlugte und fragte:

„Alles in Ordnung hier?"

Ich beugte mich gerade über das Weibchen, gab ihr eine Mund-zu-Mund-Beatmung und antwortete in gespielt gelassenem Ton: „Hier läuft alles nach Plan, ich mach gerade die Alte hier ein bisschen heiß und dat Männeken chillt dort drüben auf dem Boden rum und zieht sich die Show dabei rein. Der kommt nämlich erst richtig in Fahrt, wenn er vorher anderen dabei zuschaut.

Ja, ja, das sind schon zwei ganz versaute Biester, die zwei Braunis hier.

Das muss man erstmal checken und gründlich deren Psyche sezieren, um die sexuellen Vorlieben herauszufinden, bevor man die animiert kriegt und so, aber mit mir haben Sie sich nen absoluten Profi geangelt.

Also, alles tippitoppi hier. Lassen Sie mich mal nur in Ruhe machen … ich will die erotische Stimmung jetzt hier nicht zerstören."

Ich lächelte ihm zu und zeigte ihm den Siegerdaumen.

Der Leiter guckte sich noch ein wenig entgeistert die Szenerie an, nickte dann aber verstört und verschwand wieder.

Verdammte Axt. Ich sollte diese Tiere zum Sex animieren und nicht reanimieren.

Ich versuchte alles. Ich blies und hämmerte im Zickzack auf die beiden ein. Ich redete ihnen gut zu. Ich massierte sie. Ich spritzte sie mit Wasser voll. Ich entschuldigte mich sofort bei ihnen und flehte sie weinend an aufzustehen, bis ich mich völlig erschöpft vor dem männlichen Panda auf den Boden setzte.

Da ich nicht mehr weiter wusste, brauchte ich einen Exit-Plan, um mit heiler Haut aus der ganzen Sache rauszukommen.

Ich beschloss, eine Blendgranate rauszuwerfen und dann einfach abzuhauen.

Ich war leider so nervös, dass ich den Zündstift abzog, als ich die Blendgranate von meinem Gürtel nahm. Ich warf sie erschrocken instinktiv von mir weg und vergrub meinen Kopf zwischen den Beinen des männlichen Pandas, um nicht geblendet zu werden.

Ein lauter Knall ertönte und beide Pandas fuhren erschrocken in die Höhe.

Leider hatte ich meinen Kopf noch zwischen den Beinen des männlichen Pandas und deshalb drückte er mir sein Geschlechtsteil in den Mund.

Wegen des Knalls kam der Leiter wieder erschrocken rein, um nach dem Rechten zu schauen, und er sah, wie der Panda auf meinem Gesicht saß mit seinen Genitalien in meinem Mund. Ich zeigte ihm im Liegen den Siegerdaumen und gab ihm mit der Hand zu verstehen, dass ich alles unter Kontrolle habe.

Diesmal nickte er mir anerkennend zu und murmelte beim Weggehen:

„Jetzt versteh ich, was sie mit ‚unorthodoxen Methoden' meinen."

Ich schob den verwirrten Bären von mir und nahm seinen Schwanz aus meinem Mund. Jetzt erst bemerkte ich, dass der Panda in meinem Mund gekommen war.

Die Wiederbelebung durch die zweite Blendgranate und das Eindringen in meinem Mund hatte wohl reflexartig eine sofortige Ejakulation zur Folge gehabt.

Ich wollte sofort kotzen, hatte dann aber einen Geistesblitz.

Ich guckte kurz zu dem Weibchen rüber, was mich aufgerichteterweise ein wenig erschrocken anguckte. Wahrscheinlich hatte es meinen Gedanken erraten.

Ich lief zu dem Weibchen, klemmte meinen Kopf zwischen ihre Beine und versuchte, den Samen in sie hineinzuprusten.

In diesem Moment kam der Reservatsleiter wieder rein und begann zu sprechen: „Wenn Sie noch was brauchen, sagen Sie Beschei...".

Wir sahen uns kurz in die Augen, und er bemerkte meinen weiß umschäumten Mund, als ich zwischen den Beinen des Weibchens hervorguckte. Ich zeigte ihm erneut den Siegerdaumen.

Er drehte sich wortlos um und diesmal kam er wirklich nicht wieder.

Nachdem ich meinen Mund komplett entleert hatte, fiel ich total erschöpft zur Seite und blieb dort ausgezehrt liegen.

Verdammte Axt. Das war ein hartes Stück Arbeit, dachte ich in mich hinein, als sich plötzlich das Pandaweibchen an mich kuschelte, mich befriedigt angurrte und mir eine brennende Zigarre anbot.

Erst als ich an der Zigarre ziehen wollte, bemerkte ich, dass es keine Zigarre, sondern eine Dynamitstange aus meinem Waffengürt...

*„Käme es auf den Bart an, könnte die
Ziege predigen."*

– Dänisches Sprichwort –

George Antoine

„Mein Sohn, man sollte im Leben einen Baum
gebaut, ein Haus gezeugt, ein Kind gepflanzt
und etwas mit einer Ziege gehabt haben. Wenn
du diese vier Dinge nicht getan hast, dann wirst
du auch nie ein richtiger Mann gewesen sein."

Ich war drei Jahre alt, als mir mein Vater dies
am Rande eines Mohnfelds erklärte, woraufhin
er mit Chloe-Louise, unserer alten Hausziege, mit der er Zeit seines Lebens in zärtlicher
Bande befreundet war, für eine halbe Stunde im
Mohnfeld verschwand.

Er müsse sich um Chloe-Louise kümmern,
pflegte er dann immer zu sagen und kam danach immer sichtlich erleichtert und gut gelaunt aus dem Mohnfelde zurück.

Nur Chloe-Louise wirkte immer leicht verstört und es schien nicht so, als ob mein Vater
sich wirklich gut um sie gekümmert hätte.

Als ich ihn einmal darauf ansprach, antwortete er:

„Oh, doch, doch, ich habe mich wirklich
sehr intensiv um Chloe-Louise gekümmert,

Holla, die Waldfee, das habe ich fürwahr ... Junge, Junge, Junge, Mann, das kann ich dir gar nicht erzählen, wie ich mich um die Chlöschi gekümmert hab, alter Vater, dat kann ich dir wirklich nicht erzählen ...", sagte er dann lachend, guckte mich aber auf einmal mit eindringlichem, ernstem Blick an und fuhr bedeutungsschwanger fort: „... noch nicht."

Ich wusste mit meinen unschuldigen drei Jahren noch nicht genau, was er damit meinte, doch in den folgenden Jahren knospte ich zu einem jungen Manne heran.

Am Fuße der afghanischen Berge führte ich ein unbeschwertes Leben.

Mein Vater saß meistens am Rande der Mohn- und Haschischfelder und rauchte die Gaben der Erde, während ich mit weit ausgebreiteten Armen durch die Felder lief, bis sich so viele Pollen an mir festgepappt hatten, dass ich fast nichts mehr erkennen konnte. Das war immer das Zeichen, zu ihm zurückzukommen, denn es war Zeit zu ernten.

Mein Vater klopfte mich dann über einem ausgebreiteten Laken mit einem Teppichklopfer ab und sammelte das gute Zeug ein.

Das war immer der unangenehme Teil der Ernte, da mein Vater vom Konsum unserer Ernte so betüddelt war, dass er nicht mehr so richtig in der Lage war, mich effektiv abzuklopfen. Stattdessen schlug er zu fest oder zu leicht, schlug zu ungenau oder schlug gar nicht mehr zu und guckte mich teilweise nur noch mit blutunterlaufenen Augen apathisch an. Trotzdem erinnere ich mich noch mit Wehmut an die unschuldige Zeit in den Drogenfeldern zurück, wo ich Propellermaschine spielte und lernte, dass, wenn einem die Haut von einem Teppichklopfer wundgeschlagen worden ist, der Mensch auch durch die blutende Epidermis Rauschmittel aufnehmen kann.

Ich kann mich aber zugegebenermaßen nur sehr verschwommen an diese Zeit erinnern, da ich mental meistens in irgendwelchen anderen Sphären wandelte.

So wuchs ich auf, alleine mit meinem Vater und Chloe-Louise, am Fuße des Hindukuschs und hatte eine unbescholtene Kindheit – bis zu meinem 14. Geburtstag.

An diesem Tage bekam ich meine eigene Ziege geschenkt.

Es war noch ein kleines Geißlein und mein Vater drückte es mir in meine Hände und sagte: „Kümmere dich um dieses süße Geschöpf, denn es wird dir Zeit deines Lebens ein verlässlicher Freund und Partner sein in den ach so einsamen Stunden der afghanischen Hochlandschaft."

Ich nannte es Zoe Camille.

Wir wurden beste Freunde und Zoe Camille wusste es zu schätzen, dass ich sie nie mit ins Mohnfeld mitnahm, um das zu tun, von dem mein Vater dachte, es wäre unsere Bestimmung.

Eines Tages jedoch begann ich zu zweifeln.

Über unseren Lebensstil, über die Welt und über meine Abstammung.

Man konnte es meine erste Sinnkrise nennen.

Es drängte sich eine ganz bestimmte Frage auf.

Als mein Vater eines Abends, nach einem harten Arbeitstage am Rande unserer Felder, die untergehende Abendsonne mit einer dicken Tüte in Rauch hüllte, stellte ich ihm die Frage, die mich seit längerer Zeit beschäftigte.

„Papa, wo und wer ist eigentlich meine Mama?"

Mein Vater brach sofort in Tränen aus, wälzte sich schreiend im Dreck herum, hämmerte mit seinen Fäusten auf den staubigen, afghanischen Boden, schrie zornig und mit der Faust gen Himmel geballt: „Marie Antoinette!!!", richtete sich dann aber plötzlich wieder auf, setzte sich zu mir, wischte sich die Tränen weg, zog an seiner Tüte, räusperte sich und sagte in einem gelangweilten Ton:

„Woher soll ich denn wissen, wo die Schlampe ist."

Nach dieser seltsamen Reaktion traute ich mich erst mal eine Zeit lang nicht mehr, ihn auf dieses Thema anzusprechen, aber nachdem eine Minute vergangen war, fragte ich noch mal: „Papa, wer ist denn jetzt meine Mama?"

Mein Vater guckte mich traurig an und antwortete: „Entschuldige, dass ich damals, vor einer Minute, als du mich das erste Mal gefragt hast, so emotional reagiert habe. Ich wusste, dass du mich dies irgendwann fragen würdest, aber ich habe mich trotzdem immer vor diesem Moment gefürchtet.

Die Sache mit deiner Mutter lässt mich so manch schmerzhafte Erinnerungen erneut durchleben. Ich hatte sie verdrängt und es war nicht fair von mir, dir diese Geschichte nicht ohne Aufforderung erzählt zu haben. Nun gut, jetzt ist es an der Zeit, drum hör mir gut zu, denn es war so:

Deine Mutter Marie Antoinette ist durchgebrannt mit dem Bruder von Chloe-Louise. Frederick Auguste. Einem eitlen Fatzke von einem Ziegenbock. Er dachte immer, er wäre was Besseres mit seinen strammen Waden und seinem üppigen Geweih, und deine Mutter Marie Antoinette ließ sich auch noch davon beeindrucken und ließ mich hier alleine mit dir zurück …

Sie war die schönste Ziege weit und breit. O. k., sie war neben Chloe-Louise auch die einzige Ziege weit und breit, aber dies schmälerte nicht ihre Schönheit", erklärte er schluchzend.

„Meine Mutter war eine Ziege?", fragte ich erstaunt.

Mein Vater schaute mich skeptisch an. „Natürlich war sie eine Ziege. Was soll sie denn sonst gewesen sein?"

Da traf es mich wie ein Blitzschlag.

Auf einmal ergab auch alles Sinn.

Mein üppiges Fell, mein zartes Geweih und warum ich die ganze Zeit meckerte.

„Ich bin also auch eine Ziege", stellte ich erstaunt fest.

„Natürlich bist du das, was sollst du denn sonst sein? Du bist sogar ein stattlicher Ziegenbock. Genau wie dein Vater!", antwortete mein Vater, streichelte sich mit seinem behornten Füßen über sein filziges Fellhaar und rammte sein zerbrochenes Geweih in den Boden, um eine kleine Kuhle für seinen Toilettengang auszuheben.

Er lächelte mich dabei an und rief laut in den afghanischen Nachthimmel: „Köttelalarm!"

Ich tat es ihm gleich und hockte mich neben ihn und schrie: „Käckättäck!"

Und während wir so kackend die untergehende Abendsonne am Firmament verschwinden sahen, war ich endlich froh zu wissen, wer und was ich bin und dass diese aufkommende Sinnkrise von mir schneller überwunden worden war, als ich es mir in meinen kühnsten Träumen nicht hätte vorstellen können.

„Wenn du ein fairer Jäger sein willst, so gib dem Hasen auch ein Gewehr."

– Griechisches Sprichwort –

Sprühsahne im Sturmgewehr

Am Ende eines bekieselten Weges erstreckte sich ein See.

Am Rande des Sees stand ein graues, verwittertes Haus.

Dieses Haus besaß einen ersten Stock.

Der befand sich im zweiten.

Dort gab es einen dunklen Raum.

In diesem dunklen Raum stand ein grüner Korbstuhl.

Auf diesem grünen Korbstuhl saß:

niemand.

Aber daneben auf der Couch saß ein verbitterter alter Mann.

Mit langen grauen Haaren und langen gelben Fingernägeln.

An seinem zerrupften Bart hing noch ein Stück Fasanenfleisch, welches er sich die Tage zuvor geschossen hatte.

Mit seinem Sturmgewehr war er bestens befreundet.

War.

War.

War.

Er war damit befreundet,

aber jetzt herrscht Krieg

zwischen ihm und seinem Sturmgewehr.

Denn sein Gewehr ist ein Hippie geworden.

Es sprüht nur noch Sahne, schießt Blumen.

Egal, mit welcher tödlichen Munition er sein Gewehr fütterte ...

... es verwandelte sie in schöne oder leckere Dinge, welche dann aus seiner Mündung herausspritzten.

Das machte den alten Mann sehr wütend,

denn er möchte wieder einen Fasan schießen, um ihn dann zu einem leckeren Fasaneneintopf zuzubereiten.

Diese Zeiten sind aber vorbei.

Die ersten Tage sprach er seiner Waffe noch gut zu.

Er versuchte, mit rationalen Erklärungen das Gewehr wieder auf die Seite des Krieges zu ziehen.

Als das Gewehr nicht reagierte, drohte er dem Gewehr, es in den See zu werfen.

Oder es in einen Stein zu rammen, aus dem ihn keiner mehr herausziehen möge.

Oder es nicht mehr zu ölen.

Er versuchte, dem Gewehr Angst zu machen, und drohte ihm, es bei der Polizei abzugeben.

Sodass nach einigen forensischen Untersuchungen herauskommen würde, dass dieses Gewehr seine Frau und seine sieben Kinder erschossen hat. Dann käme das Gewehr für immer ins Gefängnis. Oder würde schon morgen von einem dicken Aste herabbaumeln.

Er drückte ab.

Ein Schwall Sahne spritzte gegen die Wand.

Dem alten Mann wurde das Gewehr lästig und er warf es in die Ecke und pinkelte drauf.

Da er keine Fasane mehr schießen konnte, ging er in den Wald, um Erdbeeren zu pflücken.

Vorher kackte er noch mal auf das Gewehr.

Nach zwei Stunden im Wald kam er zurück mit einem großen Sack voller Erdbeeren.

Er holte einen großen Topf und warf alle Erdbeeren rein.

Dann aß er welche.

„Da fehlt jetzt nur noch Sahne", dachte er.

Er ging hoch in den ersten Stock, welcher im zweiten lag, holte das Gewehr und stapfte wieder runter in die Küche.

Er setzte sich auf einen roten Korbstuhl und sprühte sich mit dem Gewehr Sahne in die flache Hand und aß dazu Erdbeeren.

Die Erdbeeren schmeckten köstlich, aber der alte Mann hatte auch großen Hunger.

Er verdrückte immer schneller immer mehr Erdbeeren.

Die Erdbeeren fanden kaum Platz in seinem Mund, so gierig und schnell verschlang er sie.

Die rote Flüssigkeit tropfte an seinem Kinn herab auf den Fußboden

und bildete dort eine Lache.

Nebenbei sprühte er sich Sahne in die Hand und schleckte sie ab.

Das wurde ihm dann nach einer gewissen Zeit zu umständlich und er drückte sich den Lauf direkt in den vollen, vererdbeerten Mund.

Er drückte ab. Ein Knall. Es hörte sich an wie eine explodierende Sahnetube.

Das Gewehr hatte sich in einem für den alten Mann sehr unpassenden Zeitpunkt wieder dafür entschieden, auf die Seite des Krieges zu treten.

Wieder lief sehr viel rote Flüssigkeit an seinem Kinn herab, platschte auf den Fußboden und vermischte sich mit dem Erdbeersaft.

Eine schlaffe, alte Hand mit langen, gelben Fingernägeln klatschte auf den nassen Boden und rührte sich nie wieder.

Man sagt,

dass an diesem See,

der am Ende eines bekieselten Weges sich versteckt,

wo ein graues verwittertes Haus steht,

genau dort, sagt man,

leben heute die schönsten Fasane, die je ein Menschenauge erblickt hat.

„Hinter Huchting ist ein Graben,
der ist weder breit noch tief.
Und dann kommt gleich Getränke Hoffmann,
sag Bescheid, wenn du mich liebst."

– Element of Crime –

Sag mir Bescheid, wenn du mich liebst

„Wahre Schönheit kommt von drinnen", murmel ich, wenn du aus deinem Hause trittst.

„Wenn Liebe durch den Magen geht, dann hab ich dich schon längst gefressen ...", flüster ich, wenn du mir was kochst.

Ob du mit mir glücklicher bist als mit jemand anderem, weißt nur du.

Ich kann es dir nicht einmal versprechen. Ich verspreche mich immer, wenn ich vor dir steh.

Ich hab mich dir schon immer versprochen.

Ich hab mich nach dir gesehnt, bevor ich dich das erste Mal traf, und dich schon vermisst, bevor du wieder gingst.

Ich war dann immer sauer auf deine Füße, weil sie dich von mir trugen. Viel zu schnell schritten sie über das Parkett und ich starb tausend Tode, wenn dich deine Füße um die Ecke brachten, um die Ecken, die mir die Sicht auf dich versperrten. Seitdem kann ich auch keine Ecken mehr leiden.

Am liebsten würd ich mich mit dir nur auf platten Ebenen treffen, wo nichts im Weg steht, was mir die Sicht auf dich verdeckt, sodass mein Blick dich bis zum Horizont verfolgen kann, wenn du mich wieder verlässt.

Generell würde es mich freuen, wenn du mich viel öfter verlassen würdest, denn dafür müsstest du mich auch genauso oft treffen ... und es trifft mich, wenn du „Tschüss" sagst. Auch wenn du „Adieu" oder „Arrivederci" rufst, es tut in jeder Sprache weh. Am meisten aber auf Finnisch, denn dann denk ich, es ist zu Ende.

Ich bin wahrscheinlich ein selbstverliebter Egoist, denn ich seh so viel von mir in dir, und Typen wie ich mögen Typen wie mich – und man sagt ja, sich selbst zu lieben, ist der Beginn einer lebenslangen Romanze. Doch für dich würde ich sogar mit mir Schluss machen.

Du hast das, was mir fehlt, um mich zu dem zu machen, der ich sein will.

Ich denk so oft an dich, dass ich, ohne es zu merken, deinen Namen in den Schnee pinkel.

Dort steh ich dann mit runtergelassenen Hosen vor der gelben Wahrheit auf weißem Untergrund. Du bist mein Ruin – ich hab das im Urin.

Wie aus Abrahams Schoß fließt der Jangtse-kiang mit seiner Frau drauf und deinem Haar dran.

Ich bin drauf und dran, auf dir drauf und an dir dran zu sein.

Bei mir musst du nichts schön bleiben lassen … außer dich selbst. Doch für mich wirst du immer schön sein, auch wenn du mal alt und verschrumpelt bist, denn Liebe macht blind und ich hab 'ne gute Phantasie. Also verschließe dich nicht vor mir, sonst schließ ich die Augen und stell dich mir vor. In Wirklichkeit stell ich dir nur nach … und nach und nach liebst du mich immer weniger, aber auch das würde mich freuen, denn es würde heißen, dass du mich mal geliebt hast.

Ist denn das die Möglichkeit? Du bist die Schönste aller Möglichkeiten.

Wer zu viele Möglichkeiten auslässt, gewinnt kein Spiel, aber ich hoffe, ich kann meine letzte Chance in der Nachspielzeit nutzen.

Es dreht sich alles nur um Fußball und Frauen, mit dir Luftschlösser bauen, macht mich glücklich.

Wie paradox es ist, wenn man in Luftschlösser untertaucht. Aber wenn du dabei bist, ergibt das Paradoxe einen Sinn.

Und was macht bei mir heutzutage schon noch Sinn, außer deiner Hand in meiner?

Ich verstand mich mit deinen Händen immer am besten, wenn sie meine suchten. Meistens fanden sie mich auch … gut. In diesen Momenten spürte ich, dass da mehr ist. So viel mehr, dass es für dich viel zu schwer ist. Viel zu schwer, um „Tschüss" auf Finnisch zu sagen, denn das wäre das Ende.

Ich hatte mal einen Alptraum: Ich war ein Ochse und du eine Kuh, und wir standen uns auf einer Weide gegenüber. Und als ich liebestrunken auf dich zugaloppierte, um dich zu küssen, bist du nur zurückgewichen und sagtest: „Hör auf, mich zu bedrängen, denn das ist alles nur verlorene Liebesmuuuuh."

Vielleicht ist deine Liebe zu mir wie das Gewicht anderer Leute.

Es nimmt ab und zu – ab und zu.

Nimm es mir ab, dass ich dir das nicht abnehmen kann.

Wahrscheinlich hast du dich schon lange entschieden und ich sollte besser aufgeben.

Und ja, ich geb auf ... dich Acht. Achte auch auf mich.

Wo fing das an? Was ist passiert? Was hat mich bloß so fasziniert?

Als ich dich das erste Mal traf, warst du gerade am Tanzen und seitdem tanze ich mit.

Ich tanze ständig deinen Namen. Du bist meine Waldorfschule.

Ich hatte noch nie eine bessere Lehrerin und du noch nie einen eifrigeren Schüler. Ich hab bei dir zwar nie den Abschluss gepackt, trotzdem hast du mich das Lieben gelehrt.

Bei dir hat mich nur das Verlangen gepackt, verpackt und nach Hause geschickt. Du hast mich viel zu oft viel zu früh nach Hause geschickt.

Seligerweise besäuft sich die Langeweile dann siebenmeilenweit.

Ich watschel dann entlang dunkler Bäume nach Hause und schau mir dabei den stillen Mond an, der um die Erde kreist wie ich um deine Welt.

Dann zieh ich aus Trotz um die Häuser und betrinke mich, bis ich dich für eine Weile vergessen kann. Und dann vergess ich mich und werd zu jemand anderem, damit mich eine andere Hand wärmen und mir ein fremder Mund schmecken kann. Ich such mir dann Frauen aus, die mich irgendwie an dich erinnern.

Wenn ich dann spät in der Nacht bei anderen Frauen im Bett daneben lieg, spür ich, dass ich mit denen danebenlieg. Und dann bin ich wieder ich und neben mir liegt ein völlig fremdes Wesen, eine Illusion von dir.

Ich zieh mich dann an, geh durch die Nacht, schreib mit den Fingern eine Botschaft in den Wind, öffne die geballte Faust und lerne loszulassen, um dich zu vergessen.

Doch egal, was ich versuche – ein Tagedieb wie ich wird sich immer an die Sonne erinnern.

Darum wünsch ich mir, heute ist der letzte Tag, der dir gehört, denn ich möchte dir ab morgen all deine Tage stehlen ...

doch stattdessen kann ich wie immer nur die Nächte zählen, in denen ich davon träumte, wie du neben mir schliefst ...

... sag mir Bescheid ... sag mir Bescheid ... wenn du mich liebst.

„Die Sprache ist die Kleidung der Gedanken."

– Samuel Johnson –

Der Rat der Sprache

In der fernen Galaxis Gutenberg, auf dem Planeten Duden, tagte der hohe Rat der Sprache im rhetorischen Tribunal.

Satzzeichen, rhetorische Figuren, grammatikalische Formen und alle weiteren Vertreter der Sprache waren der Einladung des hohen Rates gefolgt und ein lebhaftes Durcheinander beherrschte die ehrwürdigen Hallen des hohen Rates.

Plötzlich blies die Lautmalerei in die Fanfaren und das Triumvirat der Sprache bestieg die Empore und bezog Stellung hinter ihren Podesten.

Auf der linken Seite die schöne Lyrik, zur rechten Hand die homoerotische Dramatik und in der Mitte positionierte sich der neue Emporkömmling und 1. Vorsitzende des Rates: die Epik.

Epiks Blick schweifte über die Menge.

„Meine sehr geehrten Freunde. Ich habe euch alle zu dieser Dringlichkeitssitzung gerufen, weil viele von euch besorgt sind und wir eine wichtige Sache besprechen müssen. Bringt ihn herein!"

Die Deklination verbeugte sich und öffnete die Haupttür. Zwei offene Klammern schoben den todkranken Genitiv in den Saal.

Ein Raunen ging durch die Menge.

Die Epik fuhr fort:

„Die meisten von euch haben schon mitbekommen, dass der Genetiv im Sterben liegt, und ich weiß, die Angst geht in euren Reihen um. Keiner weiß, wer der Nächste sein könnte und inwiefern sich unsere Welt verändern wird. Wir, der hohe Rat der Sprache, haben euch alle aus diesem Grund zusammengerufen. So können wir am besten unsere Lage besprechen und die weitere Vorgehensweise bestimmen. Ich bitte um Wortmeldungen."

„Wer oder was ist daran schuld?", schrie der Nominativ.

„Ja, genau, wessen Schuld ist denn meine Krankheit?", hüstelte der Genitiv aus seinem Rollstuhl.

„Wem kann man denn noch vertrauen?", rief der Dativ mit einem verlogenen Lächeln ...

„Wen kann man dafür zur Rechenschaft ziehen?", wollte der Akkusativ wissen.

Ein Tohuwabohu brach im Plenarsaal aus und alle Vertreter riefen chaotisch hinein.

Die schöne Lyrik stand in ihrem perfekt sitzenden Kleid auf und erhob trotz lieblicher Stimme mahnend das Wort:

„Ich verlange, dass hier Ruhe herrscht im Saal,
sonst wird die Sitzung zu 'ner Qual,
seid still und redet einer nach dem ander'n,
und lasst den Kelch der Rede weiterwandern."

Die Teilnehmer verstummten und als Erster
ergriff die Hyperbel das Wort:

„Ein Meer von Tränen ergreift meine scheu-
nenweit geöffneten Augen, wenn ich an unsere
Sprache denke. Ich habe es schon tausendmal
gesagt: Wir müssen blitzschnell handeln, denn
sonst werden wir alle nach und nach mit Haut
und Haaren von den Brandstiftern der Sprache
verzehrt!"

Der Euphemismus entgegnete:

„Sehr geehrte Hyperbel, wie immer übertreibt Ihr maßlos. Ich finde den jetzigen Zustand gar nicht so schlimm. Auch wenn einige hier eine Drohkulisse aufbauen wollen, nur
weil der Genitiv entschläft. Dabei ist der Genetiv doch nur ein ganz normaler Kollateral-
schaden und kein Grund für friedenserhalten-
de Maßnahmen. Wir werden für diese leichten
Turbulenzen sicherlich eine zufriedenstellende
Endlösung finden."

„Herr Euphemisus, kann es sein, dass Sie
versuchen, den ganzen Sachverhalt zu beschö-
nigen? Hmh, hmh, hmh?", fragte die rhetorische Frage ... rhetorisch.

„Nein, der Euphemismus hat Recht. Uns
geht es doch ganz gut. Ich finde, ihr übertreibt
alle", erwiderte die Untertreibung.

Auf einmal sprang die Dramatik von der Empore herunter, schlug seinen Mantel nach hinten, warf sich in Pose und rief mit ausgestreckten Arm: „Es tücket mich, die Wahrheit zu verkünden, aber wir befinden uns leider im letzten Akt. Wir müssen jetzt handeln, denn sonst endet es hier nicht in einer Katharsis, sondern in einer Katastrophe."

Alle schauten ein wenig genervt wegen Dramatiks stets affektiertem Verhalten und weil er aus jeder Sache ein Drama machte.

„Dieser behinderte Typ muss sich immer aufspielen mit seinem schwulen Sch...", murmelte die Ellipse in seinen Bart, wie immer den letzten Teil des Satzes verschluckend.

Plötzlich hob die politische Korrektheit seinen mahnenden Finger und brüllte in den Saal: „Hab ich da irgendwo ‚schwul' und ‚behindert' gehört? Ihr wisst ganz genau, dass diese Wörter nicht umsonst verboten sind. Das sind gefährliche Verbrecher!"

Sie zeigte auf einen Käfig, in dem die Wörter „behindert" und „schwul" traurig herumsaßen, während das Wort „Neger" an den Gitterstäben rüttelte und schrie: „Lasst mich hier raus, ich verspreche euch auch, ab jetzt ganz anders zu heißen!"

„Was wäre, wenn wir was ganz anderes tun ..." begann der Konjunktiv und wurde von der Ellipse mit einem forschen „Kannst du bitte mal deine Fresse ..." abgeschnitten.

„Hätte, hätte, Fahrradkette. Wer die Wahl hat, hat die Qual", pflichtete die Redewendung der Ellipse bei.

„Die ganze Sache hier wird mir langsam aber sicher ziemlich unchillig diskutiert", bemerkte das Passiv gähnend, welches wegen der regen Diskussion von seiner Siesta geweckt worden war, während es auf einer Chaiselongue lag.

„Ich verlange nach Aufklärung! Ich verlange zu erfahren, was hier los ist! Ich verlange es jetzt!", schrie die Anapher in den Saal.

„Die Duldigen düssen dur Dechenschaft dezogen derden!", ergänzte die Alliteration mit seinem typischen Sprechfehler.

„Wer kann uns denn die Schuldigen benennen?", fragte das Nomen.

„Ja und wie sollen wir gegen sie vorgehen?", hakte das Adjekiv nach.

„Egal was ihr sagt, ich werde es tun", erklärte das Verb feierlich und trat in seiner Ritterrüstung hervor. Die speichelleckende Deklination verbeugte sich instinktiv vor ihm.

„Wir wissen ja überhaupt nicht, wer die Schuldigen sind. Nö, nö, das wissen wir ja nicht, ne?", mischte sich erneut die rhetorische Frage ein und schaute dabei demonstrativ den Dativ an, welcher sich schnell hinter dem Anglizismus und dem Neologismus versteckte.

„Es ist so bittersüß, dass diejenigen, die uns diese schwarze Milch eingeflößt haben, vertraute Fremde sind, meine verräterischen Freunde", stellte das Oxymoron fest.

„Er hat Recht. Dort stehen die Schuldigen, ich meine die Verräter, ach was, die Mörder unserer Sprache!", schrie die Klimax furiesk mit irrem Blick und zeigte dabei auf den Anglizismus und den Neologismus.

„Ja, die Ausländer sind schuld!", schrien plötzlich zwei Nazis.

„Was machen die denn hier?", fragte die Frage.

„Gute Frage, nächste Frage", antwortet die Antwort synchron mit dem Sprichwort.

Die Nazis wurden von zwei Ausrufezeichen umgehend ausgewiesen. Jetzt wussten sie auch, wie sich das anfühlt, wenn man ausgewiesen wird.

Wieder redeten alle durcheinander und ein großes Durcheinander brach im Saal aus. Epik haute mit dem Hammer mehrmals auf den Tisch und der Imperativ befahl: „Ruhe im Saal! Syntax, stellen Sie bitte wieder die Ordnung her!"

Alle verstummten. Die Syntax ging durch die Reihen und verwies alle auf ihre Plätze.

Der Anglizismus verteidigte sich:

„Kann es sein, dass ihr Whackos voll nicht den Flava checkt? Merkt ihr nicht, wie fake das alles ist, was ihr hier so spittet? Manche Loser hier können halt keinen tighten Style appreciaten."

Der Neologismus stand ihm bei:

„Ey, Yolo. Könnt ihr mal aufhören mit eurem Shitstorm? Wir finden euren Rassismus auch nicht so knorke."

„Der hohe Rat der Sprache würde doch nie auf den Asylanten unserer Sprache rumhacken. Außer wir machen einen auf Hamburg und erklären die Sprache zur Gefahrenzone", warf die Ironie ein.

„Solange man richtig Deutsch kann oder die Fresse hält, hat man hier nichts zu befürchten", ergänzte der Sarkasmus noch.

„Wir lästern nur über jemanden, wenn er schon tot ist", beschloss der Zynismus und grinste dabei den Genitiv an.

Die Drei lachten sich gemeinsam halb tot, was nicht verwunderlich war, denn sie waren ja auch verwandt und hatten fast denselben Humor.

„Dumdidum, ratzifatzi bumbalatzi, kackidikack am sacki die Sack", kreischte der Dadaismus im Narrenkostüm und hüpfte im Zickzack durch den Raum.

Wie immer wurde er nicht beachtet, denn er genoss eine gewisse Narrenfreiheit.

Epik richtete wieder das Wort an die Gemeinschaft: „So kommen wir hier nicht weiter. Wir müssen das wissenschaftliche Orakel befragen. Ruft das Orakel!"

Plötzlich flog eine Fußnote an die Decke und vom Boden erhob sich ein Strich, wo genau das stand, was die Fußnote verkündete.

„Die Veränderungen der Sprache sind Phänomene, die es gibt, seitdem der erste Mensch spricht, und es wird diesen Sprachwandel auch solange geben, bis der letzte Mensch stirbt. Es ist der freie Wille der Menschen, diejenigen von euch zu benutzen, welche er als notwendig für seine Kommunikation erachtet."

Die Fußnote senkte sich daraufhin wieder herab und verschwand erneut im Boden.

Alle grummelten leise vor sich hin und alle Blicke richteten sich auf den 1. Vorsitzenden: die Epik. Die Epik grübelte kurz und sagte dann: „Damit uns nicht das gleiche Schicksal ereilt wie den Genitiv, brauchen wir jemanden, der die Menschen an uns alle erinnert. Und dies kann nur ein Mensch für uns tun. Wir brauchen einen Menschen, der unsere Sache vertritt und seinen Artgenossen unsere missliche Lage näherbringt. Er muss einen Text verfassen, der die Menschheit aufrüttelt. Nur, wer könnte das für uns tun?"

Die Fußnote meldete sich erneut: „Ich hab mal ein wenig gegoogelt und meine Recherchen haben den perfekten Kandidaten für unsere Sache gefunden."

„Was ist die Quelle der Recherchen?", fragte das Glossar.

„Ähm, Wikipedia", grummelte die Fußnote verlegen.

Das Glossar winkte ab und lachte verächtlich.

„Zeigt uns ein Bild von ihm", forderte die Epik.

„Ich, der malende Adler, fliege ja schon herbei", rief die Metapher in eiliger Geschäftigkeit mit Palette und Pinsel bewaffnet, baute die Staffelei auf und malte in Windeseile ein Bild von einem jungen Mann.

„Oh, der ist aber reizend", bemerkte die Dramatik mit funkelnden Augen und fuhr fort: „Gibt's den auch als Akt ... also ich meine nackt ..."

„Wer könnte das sein? Er sieht aus wie ein junger Gott", erklärte der Vergleich.

„Ich kann ihn euch benennen", antwortete das Nomen und fuhr fort: „Sein Name ist Sulaiman Masomi."

„Er ist wirklich sehr gut. Wir müssen diesem holden Burschen eine klare Botschaft schicken, damit er uns rettet. Und zwar so schnell wie möglich und so eindringlich wie nötig", erläuterte das Adjektiv.

„Ich werde das tun", beschloss das Verb und trat wieder in seiner Ritterrüstung hervor.

Die Deklination verbeugte sich wieder vor ihm.

Die Epik ergriff wieder das Zepter: „Dann stimmen wir ab. Wer ist dafür, ihn zu schicken? Ich bitte um Satzzeichen."

Fast alle hielten ihre Punkte und Kommas in die Luft.

„Das sieht eindeutig aus. Trotzdem frage ich pro forma: Wer ist dagegen?"

Nur ein Satzzeichen wurde hochgehalten. Es war natürlich die Antithese.

„Das war ja offensichtlich klar, dass der wider dagegen ist." beklagte sich die Tautologie.

„Nur weil alle dafür sind, muss nicht keiner dagegen sein", erklärte sich die Antithese und benutzte dafür das Paradoxon, was sich dagegen zu sträuben versuchte. Wie immer wusste es aber nicht, wie.

Die Epik nickte ernst und erklärte dann mit teils ernster und teils feierlicher Stimme:

„Nun denn, meine lieben Freunde und Mitstreiter. Das Ergebnis ist trotzdem eindeutig.

Nur er, der wahrlich schillerndste Poet auf dieser Erde, vermag es, aus uns das Beste herauszuholen und die Wahrheit auf den Bühnen dieser Erde zu verkünden.

Und es wird der letzte Test sein. Wenn die Menschen ihn für diesen Text feiern, dann besteht für uns noch Hoffnung. Doch sollte er auch nur einen Poetry Slam mit diesem Text verlieren, dann verstehen uns die Menschen nicht mehr und unser Schicksal ist besiegelt.

Hiermit ist die Sitzung beendet. Das letzte Wort hat wie immer die Lyrik."

Die Lyrik erhob sich aus ihrem Sitz und schloss fast schon singend ab:

„Das war die Sitzung unseres Rates,
und auch wenn die Erkenntnis hart ist,
wird sich für uns das Blatt noch wenden,
denn diese Geschichte wird, dank Sulaiman,
im Guten für uns enden."

Sulaiman Masomi

Immer der Nase nach

Sulaiman Masomi schrieb und schrub Geschichten. Er ging auf Slams und nahm sie auf, weil er sich selbst gern sprechen hört. Sulaiman wollte nie eine CD veröffentlichen, weil er nicht möchte, dass jemand außer ihm selbst seine Texte hören kann. Der Lektora Verlag jedoch entführte Sulaimans Lieblingshaustier, eine hüfthohe weiße Elefantenkuh namens Yanti, die sich nur von Sonnenlicht ernährt, und drohte damit, Yanti in einem dunklen Raum gefangen zu halten, bis sie verhüngere, falls er nicht bei ihnen eine CD herausbrächten tue.

Die Aufnahmen sind roh und dreckig wie seine Vortragsweise, außerdem sieht er nicht ein, dass er dem Verlag gute Aufnahmen geben soll. An dieser Stelle will Sulaiman zum Ausdruck bringen, dass er sowohl diese CD hasst als auch jeden, der sie kauft.

01. Wenn ich was zu sagen hätt
02. Melissa
03. Mehmet bei den Nazis
04. Ich, der vergesslichste Typ, an den ich mich erinnern kann
05. Tschüss auf Finnisch
06. Ein Kanake sieht rot
07. Japan, Nepal
08. Willi
09. Ich weiß es
10. Sprühsahne im Sturmgewehr
11. Eure Welt
12. Optimus Prime
13. Props an Sisyphus
14. Frühlingserwachen

ISBN 978-3-938470-30-5
10,00 Euro

www.lektora-verlag.de/shop

Sulaiman Masomi

Poetry Slam
Eine orale Kultur zwischen
Tradition und Moderne

„Poetry Slam – Eine orale Kultur zwischen Tradition und Moderne" ist eine interdisziplinäre theoretische Annäherung an das Phänomen „Poetry Slam". Neben der Entstehungsgeschichte wird der wissenschaftliche Gegenstand Poetry Slam aus medienwissenschaftlicher, sozialwissenschaftlicher und literaturwissenschaftlicher Sicht analysiert und in den popkulturellen Diskurs eingebettet.

Sulaiman Masomi wurde 1979 in Kabul, Afghanistan geboren. Seine Familie floh kurz nach dem Beginn des Krieges gegen die Sowjetunion nach Deutschland. Er studierte allg. Literaturwiss., Medienwiss. und kulturwiss. Anthropologie an der Universität Paderborn.

ISBN 978-3-938470-84-8
17,80 Euro

www.lektora-verlag.de/shop

Bravo! Du hast weitergeblättert und den „Hidden Text" gefunden. Dafür bekommst du einen dicken Fleißpunkt. Bei tausend Fleißpunkten bekommst du dieses Buch noch einmal umsonst. Dafür musst du jetzt nur noch 999 kaufen.

Ich bin Pluto

> *„I see skies of blue, and clouds of white,*
> *the bright blessed day, dark sacred night.*
> *And I think to myself ... "*

– Louis Armstrong –

Ich bin 4,5 Milliarden Jahre alt. Ich wiege 1,3 x 10 hoch 22 kg, das entspricht 0,17 Erdmassen. Ich bin ein cooler Typ. Meine Körpertemperatur beträgt –233 Grad. Ich brauche 248 Jahre, um die Sonne zu umkreisen und ich bin im Durchschnitt 5,91 Milliarden Kilometer von der Erde entfernt.

Hi. Mein Name ist Pluto und ich war mal ein Planet.

Ich weiß, man sollte nicht besoffen auf die Bühne gehen. Doch ich trinke seit 8 Jahren und habe guten Grund dazu. Seit dem Jahr 2006 hat sich mein Leben auf den Kopf gestellt, denn in diesem Jahr wurde ich für ungültig erklärt.

Man hat mir gesagt, ich sei kein Planet mehr. Ich sei nur so etwas wie ein Asteroid.

Gestern hui, heute pfui. Man habe sich vertan. Es war alles nur ein Irrtum ... sorry, aber du wirst heruntergestuft. Ich könne mich aber gerne noch weiterhin Pluto nennen, aber 'ne wirkliche Bedeutung hätte das nicht mehr. Schließlich sei ich abgestiegen und dürfte nie wieder in die erste Liga aufsteigen.

Mir wurde alles genommen. Vom einen auf den anderen Tag. Einfach so.

Was würdet ihr sagen, wenn irgendjemand plötzlich zu euch kommt und sagt: Sorry, aber wir müssen dir mitteilen, dass du doch kein Mensch bist.

Ja, das haben unsere Wissenschaftler herausgefunden. Tschuldi.

Ihr würdet dann natürlich fragen: Warum?

Und sie würden sagen:

Weil du zu klein bist.

Zu unbedeutend.

Wir haben dich überschätzt. Wir dachten, du wärst mehr wert, doch du hast keinen Mehrwert.

Du warst eh immer ein Außenseiter, aber jetzt bist du ganz raus. Versuche, bei jemand anderem auf 'ner anderen Seite außen zu sein. Für dich ist hier kein Platz mehr. Und wenn du mal wieder in unserem System bist, sei dir dessen bewusst, dass es illegal ist. Geh am besten wieder dorthin wo du herkommst. Hier ist nur Platz für richtige Menschen.

Wie würde sich das anfühlen?

Wisst ihr, nach wem ich benannt bin?

Pluto war in der römischen Mythologie, der Gott der Unterwelt. Ich wurde nach einem Gott benannt, dabei bin ich wohl eher ein Opfer der Außenwelt.

Pluto: Der ewig am Rand Stehende.

Ein guter Freund von mir, der Halleysche Komet, hat mir erzählt, dass sowas schon mal passiert ist. Mit seinem Bruder. Das ist gar nicht so lange her. Da liefen hier noch Dinosaurier rum. Im kosmischen Maßstab also fast gestern. Aber ihr Menschen seid ja so vergesslich. Die Dinosaurier haben ihm auch gesagt, er wäre kein Planet und solle sich aus dem Sonnensystem verpissen.

Hat er aber nicht getan. Der ist voll Amok gelaufen und ist als Selbstmordkommando auf die Erde herabgestürzt. BOOOOM!

Und? Seht ihr irgendwo noch einen Dinosaurier herumlaufen?

Nee. Die hat er nämlich ausgelöscht und alle mit in den Tod gerissen, der verrückte Hund.

Sowas kann ganz schnell wieder passieren.

Was weiß ich, was die alles zu ihm gesagt oder ihm angetan haben. Aber ich bin ja nicht so. Ich bin eher der friedliche Planet. Noch.

Was hast du gesagt?!??! Wer hat das gesagt? Wer hat gerade geschrien, dass ich kein Planet sei?

Ich will auf der Stelle wissen, wer das gerade war. Begib dich doch in meine Atmosphäre, wenn du dich traust. Die besteht nämlich nur aus Stickstoff.

Da ist der Name Programm, du Opfer.

Ich will, dass ihr auf der Stelle sagt, dass ich ein Planet bin.

Ich sag Pluto und ihr sagt Planet.

Ich sag Pluto und ihr sagt …. Planet.

Ich weiß eigentlich gar nicht, warum ich so reagiere. Mir sind Titel doch gar nicht so wichtig. Ich war eh immer der kleine Scheißer, den nie jemand für voll nahm. Vor dem keiner Respekt hatte, aber ich war trotzdem offiziell Teil der Gruppe. Teil des Sonnensystems. Ich hatte mich aus dem Ghetto des Asteroidengürtels in der Kuiperstraße nach oben gearbeitet.

Für meine Brüder und Schwestern in der Hood war ich ein leuchtendes Vorbild. Ein Beispiel dafür, dass man es schaffen kann, egal wie klein man ist und egal wo man herkommt.

Aber jetzt, nach meinem Fall, will es keiner mehr versuchen, ein Planet zu werden. Es bringt ja eh nix, denken alle. Und das ist viel schlimmer als mein Schicksal. Hinter meinem Schicksal verbergen sich tausend gescheiterte Möchtegernplaneten. Ein Asteroidenscheiterhaufen, der nicht mehr dran glaubt, es schaffen zu können.

Ich habe diesen Umstand nie wirklich verkraftet und darum hau ich mir seit dem Jahr 2006 tagtäglich diesen Sternennebel hinter die Binde.

Nur um ertragen zu können, dass ich nicht reiche. Aber heute bin ich gekommen, um euch mit all meinem Elend zu konfrontieren. Ich werde mich nicht mehr verstecken und hinter irgendwelche Büsche huschen, weil es mir peinlich ist, von euch gesehen zu werden. Weil ich mich selbst für meine Bedeutungslosigkeit schäme. Weil ich ein Wrack geworden bin und meine verwahrloste Existenz eurer Meinung und eurer Einschätzung über mich recht gibt. Nämlich, dass ich keinen Wert habe. Ein Nichts bin. Nur ein Klumpen Dreck, der besoffen durchs All treibt.

Ich bin euer Produkt und ich bin heute hierhin gekommen, um euch zu zeigen, was ihr aus mir gemacht habt.

Wenn ich schon Abschaum bin, dann soll es jeder sehen.

Und keine Angst. Ich werde euch nicht weiter belästigen. Ich bin nur noch ein letztes Mal vorbeigekommen, um diese Botschaft loszuwerden und ich widme diesen Appell an alle, die wie ich an den Rand gedrängt wurden.

Dieser Text ist für alle Penner und Ausländer, für alle Transen und Homos, für alle Sintis und Romas, für alle mit AIDS oder einer riesigen Warze auf der Nase, für alle Mongos und Downies, für alle Rollstuhlfahrer und einarmige Banditen, für alle Kanaken und Nigger, die nicht in den Club dürfen, weil sie nicht die „richtigen Klamotten" anhaben, für alle Müllmänner und Putzfrauen, für alle Huren und Drogenabhängigen, für alle, die ihr Leben lang auf der Ersatzbank des Lebens schmoren.

Ihr sollt wissen, ich werde euer Hirte sein.

Pluto, der Patron der Gescheiterten.

Pluto, der Möchtegern Planet.

Pluto, die Nutte der Nacht.

Ich weiß: Ich werde nie wieder ein Planet sein. Ich werde in weiter Ferne meine stillen Bahnen ziehen, bis ich irgendwann zu Staub zerfalle oder allem ein Ende setze und mich in die Sonne stürze ...

... aber vielleicht ... also nur vielleicht, wird hier und da mal ein kleiner Junge oder ein kleines Mädchen durch ein Teleskop schauen und mich zufällig im Sternenmeer entdecken. Und vielleicht wird das Kind noch nicht wissen, dass ich ein Geächteter bin, denn Kinder gehen mit allen Dingen unvoreingenommen um und sind die Einzigen, die einem Obdachlosen ohne

Vorbehalte begegnen können. Aber ich schwei-
fe ab wie der Halleysche Komet.

Nun könnte es vielleicht sein, dass gerade
dieses Kind Englisch kann und vielleicht hätte dieses Kind ganz zufällig an genau diesem
Tage ein ganz bestimmtes Lied gehört und dieser Umstand würde mir zu einem Kompliment
gereichen, denn vielleicht wird dieses Kind bei
meinen Anblick denken:

„... what a wonderful world.“

Das wäre schön.

Bei Lektora erschienen

Jan Philipp Zymny

Henry Frottey – Sein erster Fall: Teil 2 – Das Ende der Trilogie
Ein Roman in Schwarzweiß

Eine Mordserie hält die Bürger von Schikargo in Atem. Doch der berühmte Privatdetektiv Henry Frottey hat keine Zeit, vor dem Fernseher zu sitzen und sie zu verfolgen. Er klärt lieber Verbrechen auf. Eine neue Entität arbeitet sich an die Spitze der Unterwelt vor und ihr Weg ist gepflastert mit seltsamen Morden, die so verzwurbelt sind, dass nur Henry sie vermittels seines genialioesken Verstandes und der Macht der Prokrastination zu lösen vermag. Relativ desinteressiert stolpert er durch die Straßen, macht einer schönen Frau Avancen und Urlaub, besucht den Jahrmarkt und ist dabei trotzdem den merkwürdigen Ereignissen in seiner Stadt stets nur einen Schritt schrägonal links auf den Fersen.

„*Dem Autor gehen permanent die Gäule durch, er lässt sich wegtragen von **seiner** scheinbar unerschöflichen Fantasie und Kreativität, doch er kriegt die Zügel immer wieder zu packen und erzählt dabei eine große Geschichte, in der am Ende tatsächlich alle Fäden zusammenkommen.*"
– Thomas Koch, WDR 2 –

ISBN 978-3-95461-020-4
14,80 Euro

www.lektora-verlag.de/shop

Bei Lektora erschienen

Jan Philipp Zymny

Hin und zurück – nur bergauf!

„Hin und zurück – nur bergauf" ist keine bloße Sammlung von Poetry-Slam-Texten. Mit einer Menge surrealistischem Humor und überraschenden Ideen beschreibt Jan Philipp Zymny in skurrilen Erzählungen und Gedichten eine fantasievolle Welt, in der alles irgendwie miteinander zusammenzuhängen scheint. Dabei bleiben jedoch einige Fragen offen: Woher bekomme ich einen Bademantel aus Hummelfell? In welchem Verhältnis stehen ein Haiku schreibender Orang-Utan und ein konfirmierter Gorilla zueinander? Wer ist dieser Eugen-Jonathan? Was möchte der Autor uns damit sagen? Die Antwort auf diese und andere Fragen lautet: JA!

„Selten lagen Wahnsinn, Genialität und Hummelfellmäntel so nah nebeneinander."
(Fabian Navarro)

„Ich musste es Korrektur lesen. Nie las ich Wörter in der Reihenfolge. Manches ergab Sinn. Vieles auch Unsinn. In der Summe erzeugen alle Morpheme Frohsinn. Ich tät's lesen wollen müssen, wenn ich nicht schon dürfen hätte sollen."
(Vater)

ISBN 978-3-938470-78-7
12,00 Euro

www.lektora-verlag.de/shop

Sandra Da Vina

Sag es in Leuchtbuchstaben

„Der Zauberer hatte allerdings nicht damit gerechnet, dass ich meine eigene Säge dabei hatte."

Spot an! Zwischen diesen Buchdeckeln fluoresziert allerlei literarischer Mumpitz. Sandra Da Vina spielt mit dem Lichtschalter und beleuchtet das Leben in seiner skurrilsten Gestalt. Dabei liegen Tragik und Komik immer dicht beieinander.

Es sind nicht nur die Worte, die leuchten, sondern auch ihre Protagonisten. Ob ein verliebter Dino oder der trunkene Tod – Sandra schreibt von den großen und kleinen Begegnungen …

Ein Buch, das man dringend im Dunkeln lesen sollte. Wie eine heiß gelaufene Lavalampe wärmen Sandras Texte von innen heraus. Hier stehen die Helden im grellen Scheinwerferlicht, dort kuscheln sie bei sanftem Kerzenschein – dabei kommen die Geschichten mal wunderlich und laut, mal nachdenklich und leise daher.

Und immer in **Leuchtbuchstaben.**

Sandra Da Vina (*1989) wohnt in Essen-Süd, mit einem Spielplatz vor der Tür und in ihrem Kopf. Sie ist freie Autorin, studierte Germanistin und seit 2012 auf den deutschen Poetry-Slam-Bühnen unterwegs. Mit „Sag es in Leuchtbuchstaben" erscheint ihr erstes Buch.

ISBN 978-3-95461-016-7
12,00 Euro

www.lektora-verlag.de/shop

Bei Lektora erschienen

Patrick Salmen & Quichotte

Du kannst alles schaffen, wovon du träumst. Es sei denn, es ist zu schwierig.

Lang ersehnt, endlich in Buchform: Die literarischen Rätsel.

Die bekannten Slam-Poeten Patrick Salmen und Quichotte laden ein zur literarischen Rätselweltreise. Auf jeder Etappe der 111 absurden Rätselgeschichten wartet ein neuer „Aha-Effekt". Immer getreu dem Motto „Einfach zu lernen, schwer zu meistern" ist jedes Rätsel eine eigene kleine Herausforderung.

Zum Prinzip dieses Spiels: Die Leerstellen in den Geschichten dieses Buches gilt es, sinngetreu durch einen geografischen Begriff auszufüllen. Die Antworten der Rätsel finden sich in Spiegelschrift und auf den Kopf gedreht auf der jeweils folgenden Seite. Die Rätsel sind nach Schwierigkeitsstufen von 1 bis 5 geordnet.

Beispiel (Schwierigkeitsstufe I):

„Hast du mal eine ruhige Minute?", fragte die Katze den Hund, der just in diesem Moment am Gartentor dem Postboten auflauerte.

„Nein", erwiderte dieser, „ich ____ ____."

(2 Silben) Antwort: Belgrad – bell grad

ISBN 978-3-95461-014-3
9,90 Euro

www.lektora-verlag.de/shop

Bei Lektora erschienen

Patrick Salmen & Quichotte

Du kannst alles schaffen, wovon du träumst. Es sei denn, es ist zu schwierig.

Beispiel, Schwierigkeitsstufe I:

Zwei jugendliche Hausbootbewohner wollten sich eines Nachmittages zum Spielen auf dem Steg verabreden. Nachdem sein Freund auch nach langen Minuten des Wartens nicht am verabredeten Treffpunkt erschien, wunderte sich der andere doch arg und rief seinen Freund umgehend auf dem Handy an. Daraufhin schilderte der Vermisste die Situation und erklärte, dass er aufgrund einer kecken Schelmerei bei den Eltern jüngst in Ungnaden gefallen war. Diese hätten nun zu einem altbewährten Sanktionsmittel gegriffen und ihm sowohl den Ausgang als auch das Betreten des hinteren Schiffteils untersagt. Deshalb fragte sein sich in Freiheit befindlicher Freund: „Warum halten sie dich denn die ganze Zeit auf der Vorderseite des Schiffes gefangen?" Die Antwort ließ nicht lange auf sich warten. „Das erklärte ich doch bereits. Ich hab ___ ___ ___."

Lösung im Buch: www.lektora-verlag.de/shop